KB103782

005 프로젝트 진심
소중한 너에게

With you, whom I love.

우리의 기록을 담아.

순이 외 6인 지음

소중한 너에게

이 세상의 모든 동물들과,

그들과 함께 살아가는

모든 사람들에게 이 책을 바칩니다.

본 책의 모든 판매 수익금은

유기견 쉼터 <아크 보호소>에 기부됩니다.

차례

Writer

순이 X 모카

순간을 빈틈없이 가득 채우고
마음 가는 것들을 사랑하며 사는 사람

계기와 용기가 되어준

나의 모카

1 크리스마스처럼

어느 겨울 날 이었다. 남자들 손에서 폭력적으로 길러지던 어린 강아지가 우리 집에 오게 된 날이.

그저 두려웠었다. 내 어린 시절 시골 잔칫날에는 어김없이 감나무에 처참하게 매달려 똥오줌을 쏟아내고 생명을 다한 그 것이 상 위에 올라 잔칫상의 음식으로 올라오는 게 당연했던 소위 말하는 "개는, 개지!"라고 생각하는 옛 어르신들 품에서 자랐다. 그런 내가 저 작은 아이를 돌볼 수 있을까? 책임을 다 할 수 있을까? 라는 막연한 두려움이 있었다.

이 작은 강아지도 또 다른 공간에 온 것이 공포였던 것인지 아니면 내 두려움을 읽었던 것인지 서로 두 눈만 동그랗게 뜨 고 눈알만 이리저리 굴리며 몇 날 며칠을 가만히 그저 가만히 있었고 남자만 보면 다리 사이에 꼬리를 힘껏 말아 넣고 떨 어대기만 했다.

마음 한구석에 불편하게 자리 잡고 있던 생각은 저 작은 아이가 새롭게 옮겨온 이곳이 최소한 공포스럽지 않기만을 바랐다. 스스로 터득해 나가고 적응하기를 멍청하게도 나는 아무것도 하지 않은 채 바라기만 했다.

그렇게 우리는 한동안 각자 두려움의 거리만큼 떨어져 지냈다.

시간이 지난 어느 날, 늦게까지 일과 사람 그리고 감정들에 치이며 몸을 질질 끌다시피 한발 한발 겨우 내디디며 집으로 가는 길은 깜깜하다 못해 서글프기까지 했다. 옷을 툭 던져놓고 멍하게 앉아있었는데 밤톨만 한 작은 강아지는 내 옆으로 폴짝 뛰어와 슬며시 엉덩이를 붙여주었다.

모카와 나는 그제야 서로 마음을 열었던 것 같다. 이 작은 아이가 주는 따뜻함은 백 마디 말의 위로보다 위대했다.

그 뒤로도 가끔씩 혹은 자주 마음이 척척할 때에도 척척하지 않을 때에도 한결같이 내 옆에 있어 주었다. 내가 모카의 세상을 바꿔주었다 생각했는데 모카가 내가 사는 세상을 완전히 바꿔주었다.

이 작은 생명체는 우리 집의 분위기 또한 바꾸어 놓았다. 다 자란 어른 넷이 각자의 공간과 시간 속에 처절하고 바쁘게 살았음에도 늘 발걸음을 재촉해 집으로 왔고 가족들이 모여 저녁을 함께하는 때가 많아졌다. 모카로 하여금 대화의 주제가 생겨나 피어나는 이야기들이 차곡차곡 추억거리가 되었고 함께 보내는 시간들이 즐거워졌다.

가장 큰 변화는 아빠의 마음가짐이었다. 아빠도 모카와 함께하며 다른 개들도 소중한 하나의 생명이라는 걸 아셨던 것 같다. 시골에 있는 개들을 해치고 싶지 않아졌다고 했다. 괴롭다고 하셨다.

그 뒤로 더 이상 시골집에서 개를 감나무에 매다는 잔혹한 일들은 사라졌다.

함께하는 시간들이 켜켜이 쌓이고 두려움보다 신뢰의 무게가 커졌을 무렵 간단한 진료를 위해 동물병원을 방문했는데 안 좋은 소식이 들려왔다.

유선 종양이 발견됐다. 나이가 들며 나타나는 변화나 노화 등 되도록 자연스럽게 받아들이며 살길 바랐고, 중성화 수술 또한 인간의 폭력같이 느껴져서 7살이 되도록 중성화 수술을 하지 않았었는데, 그게 화근이었다. 모든 게 내 탓 같았다. 유선이 있는 몸통 피부 전부를 떼어내야 한다고 했다. 꽤나 긴 시간이 걸리고 많이 힘들어할 거라고 했다. 그때는 무슨 말인지 들리지도 않았고 듣고 싶지도 않아서 모카를 데리고 도망치듯 병원을 나와버렸다.

집으로 돌아와 인터넷 자료들을 뒤져보고 유명하다는 병원은 다 찾아봤다. 장비들이 많았으면 했고 동물을 사랑하는 의

료진이 많았으면 했다. 차지 않은 안락한 입원실이 있었으면 좋겠고 몸통의 전체를 뜯어내는 그런 위험하고 큰 수술 말고 몸집이 작은 강아지도 견뎌낼 수 있을 만큼 최소한으로 해 줄 수 있는 병원을 밤낮없이 찾아 급히 예약을 했다.

수술 일정이 잡히고, 수술하는 전날까지 잠을 아주 많이 설쳤던 것 같다. 아무것도 모르고 마냥 해맑은 저놈은 화장실에 발라놓은 줄눈 페인트를 밟고 온몸에 페인트 칠갑을 해대며 돌아다녀도 웃음이 나질 않았다.

수술 당일 핏기 없는 얼굴로 잘 끝나기만을 기다렸고 모카는 무사히 수술을 마치고 나왔다. 입원실 안에 축 늘어진 모카의 이름을 하염없이 불렀다.

나에게, 그리고 내 삶의 작은 조각 정도에 불과한 일부였다고 생각했던 내 강아지 모카는 마취가 풀리지도 않은 채 떠지지 않는 눈으로 눈물을 줄줄 흘려가며 비틀거리고 넘어지길 반복하면서도 연신 모카를 부르는 목소리를 따라 나에게로 다가왔다.

마치 '내 세상의 전부는 우리 언니야. 나를 부르면 어떻게든 언니한테 갈 거야.'라고 하는 것처럼. 미안함인지 감동인지 안쓰러움인지 모를 것들이 철없게도 꺼이꺼이 쏟아져 내렸다.

결코 일부가 아니었다. 어떠한 단어로도 설명이 되지 않는 차원이 다른 사랑하는 마음이었다.

모카는 나에게 크리스마스처럼 나타났고,
시선을 돌렸다가 쳐다보면
어김없이 눈을 맞춰 따뜻하게 바라봐 주고,
여전히 내 옆에 엉덩이를 붙이고
위로받고 의지하며 함께 살아가고 있다.

2 사회성 빵점 강아지,
   참견장이 캠핑견이 되다

워낙에 사람도 다른 동물들도 무서워하는 모카는 늘 사람들이 없는 쪽으로만 산책을 다니고 늦은 밤에 산책하기를 좋아했다. 강아지 카페에 가도 강아지 놀이터에 가도 마치 고문이라도 당한 것처럼 침을 흘리고 내 옆에만 붙어있었다.

그렇다. 우리 집 강아지는 사회성이라고는 전혀 없었다. 나에게는 그 무렵 도피처와도 같던 캠핑에 재미를 붙이고 있었는데, 모카도 함께 다니다 보면 조금은 나아지지 않을까 하는 마음에 친한 친구와 함께 반려견 동반이 가능한 캠핑장을 찾아보기 시작했다.

서울을 떠나 낯선 외지로 함께하는 첫 캠핑을 도전했다. 산속엔 벌레도 많았고 모카는 이름 모를 민달팽이를 밟고서 발 하나를 들고 한참을 고장 난 채로 서 있었다. 낯선 풍경, 낯선 사람들, 생김새가 다른 동물들 모든 것들이 모카한테는 처음이었다.

하루 종일 밥도 먹는 둥 마는 둥 온 신경은 바깥으로 경계하기 바빴다. 지나가는 사람들을 보면 입에 거품을 물도록 짖었고 작은 소리에도 경기를 일으켰다. 처음 함께했던 캠핑은 우당탕탕 천지였다.

현재는 단골 캠핑장이 생겼을 정도고, 갈 때마다 세련된 서울 강아지가 왔다며 반겨주시는 주인 분들도 계신다. 꼬리는 힘껏 헬리콥터처럼 돌려대고 산을 거칠게도 잘만 오른다. 누가 보면 영락없는 꼬질꼬질한 산속 야생견의 모습이다.

참견은 또 어찌나 잘하는지 옆집 윗집 할 것 없이 기웃거리기도 하고 참견을 해대며 간식을 얻어먹고 돌아오고, 함께 가는 친구들 무릎에도 훌쩍훌쩍 잘만 올라가 다리가 저리도록 앉아있기도 한다.
밤에는 나란히 앉아 피워놓은 장작에 그을려 귀때기 털이 타들어가는 줄도 모르고 넋 놓고 장작이 타들어가는 모습을 바라보기도 한다. 아침에는 모카 혼자 일어나 산책을 다녀오기도 하고 새소리를 함께 듣기도 한다. 모카가 멍하니 풍경 구경을 하고 있을 때, 나는 구경하는 모카를 바라본다.

함께 같이 갔던 친구는 그랬다. 반려견의 존재는 내가 무언가를 바라는 게 아니라 바라보고 힐링하는 존재라고.
너의 존재는 그런 건가 보다. 그것으로 소소한 행복감이 밀려든다.

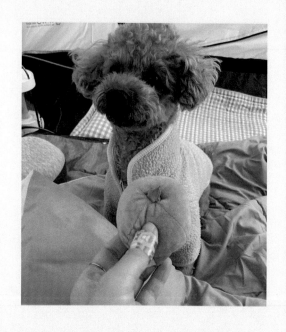

3 이름 없는 고양이

늘 오가던 8차선 도로 터널 안. 여느 날처럼 터널을 통과하고 있었다. 무심코 옆을 봤을 때 까만 것이 벽을 기어오르려 바둥거리는 모습을 보며 빠르게 스쳐 지나갔다. 그 순간 친구는 쥐겠거니 생각했고 나는 혹시 고양이면 어쩌지? 라는 생각을 했다. 무언가 움직이는 생명체를 보았으니 그냥 지나쳐 집에 간다면 마음이 꽤나 불편할 것 같았다. 내 불편함을 해소하고자 친구한테 돌아가 확인만 하자고 했고 부디 잘못 본 것이길 바라고 차라리 없어져 있기를 바라며 차를 돌렸다.

인근 공원도, 사람이 지나다니는 건널목도 없는 그런 터널 가장자리에 까만 아이는 제 어미를 찾다가 길을 잃어 지친 건지 탈수증세인 건지 눈도 못 뜨고 하악질 한번 하지 못하고 맥없이 덜렁 건져졌다.

구했다는 생각에 잠시 안도했다가 머릿속이 백지인 상태의 나는 눈물 콧물을 쏟아내며 반려묘가 있는 친구들한테 전화를 걸고 있었다. 늦은 시간임에도 흔쾌히 얼른 데리고 오라는 연락을 받고 널브러진 박스를 찾아 급하게 담아 갔다. 친구들은 역시나 척척 전용 우유를 먹이고 여기저기 병원에 문의를 하더니 24시 병원으로 같이 가주었다.

　진료를 보기 위해 이름을 물어봤는데, 그 순간 나는 이름을 지어주고 싶지 않았다. 정이 들어버릴까 봐 그랬던 것 같다.
　"이름은 없어요. 길냥이로 해주세요."하고 필요한 검사들을 했다. 건강에는 이상이 없었고, 여자아이였고, 더러운 매연과 먼지를 한가득 뒤집어쓴 손바닥만한 작은 고양이였다.
　담당 선생님 의견으로는 나이가 어느 정도 있는 강아지가 있는 집에서 같이 키우기에는 추천하지 않는다고 했다. 나도 마찬가지였다. 고양이에 대한 정보도 전혀 없었고 이렇게 가까이에서 본 적도 만져본 적도 없었을뿐더러 아니 그런 모든 이유들은 핑계였고 내 책임감은 오롯이 내 반려견 것이라고 생각했었던 것 같다.

　얼른 임시보호자든 입양을 보낼 곳이든 찾아야만 했다. 급하게 여기저기 글을 올리고 사진을 올리기 정신없었다. 몇몇 사람들과 대화를 해보았지만 마음에 차지 않았다. 며칠 데리고 있다 보니 그새 이 이름 없는 고양이가 소중해졌는지 아무한테나 보낼 수가 없었다.
　그러다 어떤 분과 연락을 하게 되었는데, 동물병원 근처가 회사라고 했고 임시 보호를 하다가 입양의 계획 또한 있다고 했다. 그 분께선 본인의 SNS를 알려주었는데 거기 적혀있는 글 들을 수십 번씩 읽었다. 보호소에서 다 커버린, 아무도 원치 않는 고양이를 입양했고 고양이와 함께 있는 일상과 그림 들이 빼곡했다.

결정적인 계기가 되었던 건 사진 속 고양이가 제 몸을 온전히 내어주고 있는 모습을 보고 나서였다.

직접 데려다주기로 약속을 하고 만난 사람은 인상이 따뜻했고 상냥했다. 걱정이 안심으로 바뀐 순간이었다.

그렇게 이름 없는 고양이는 가족이 생겼고 이름이 생겼다. 나에게는 소중한 인연으로 지금도 계속 이어지고 있다.

Writer

이참새 X 랑이, 별이 @lee__sun_

보호소 출신 큰 고양이 랑이,
스트릿 출신 아기고양이 별이와 알콩달콩 살아가고 있습니다.
사고뭉치 고양이 둘을 입양한 후로 삶에 따스한 행복이 찾아왔어요.

별빛이 내려준 선물들

1 입양한 두 고양이 덕분에 에세이작가가 되었습니다.

안녕하세요. 고양이 둘과 함께 행복하게 살아가는 이참새입니다. 이전 책 004 진심 프로젝트 〈우린 마음으로 통해〉에서 보호소에서 입양한 3살 랑이의 이야기를 들려 드렸었어요. 몸이 다 큰 고양이들은 아기 고양이들보다 입양이 잘되지 않아서 새 가족을 찾지 못하는 경우가 많다고 해요. 고양이가 입양이 되어 가족을 만나면 15년 정도 묘생을 살아갈 수 있지만, 위험한 길에서 떠돌게 되면 약 2년 정도 길을 떠돌다 짧은 생을 마감한다고 합니다. 성묘를 입양한 집사로서 이 사실에 굉장히 마음이 아팠었고, 고양이의 입양을 장려하는 글을 이전 책에 담게 되었어요.

그 사이 저희 집에는 큰 변화가 생겼습니다. 보호소 생활로 인해 분리불안이 심했던 랑이에게 가족을 만들어주고 싶었던 마음이 컸었는데, 우연히 묘연을 만나게 되었지요. 그래서 이번에는 길에서 구조되어 우리 집까지 오게 된 아기고양이 별이 이야기를 들려드리고자 합니다. 저의 부족한 글이 세상의 가족을 잃은 고양이들이 하루라도 빨리 새 가족을 만날 수 있도록 도움을 주었으면 하는 바람입니다.

2 별빛 아래 기적이 내린 밤

별이는 그날 밤 고속도로의 터널 가장자리에서 발견되었어
요. 어둠이 내린 저녁에 구조자 두 분이 차를 타고 그 도로를
지나가던 상황이었습니다. 무슨 이유인지 2개월도 채 안 된
조그마한 몸의 별이는 엄마를 잃고 고속도로 옆에서 웅크리
고 있었어요. 몸집이 너무 작아서 구조자분들은 고양이가 아
닌 쥐인 줄 알았다고 해요.

구조된 첫 날의 꼬질꼬질한 아가 별이

구조자님들께서는 도로를 지나다가 웅크리고 있던 별이를
발견하였고, 그냥 두면 차에 치일 상황이었기에 차를 대고 조

심스럽게 별이를 구조하셨습니다. 작은 별이는 그날 밤 그렇게 천사 같은 구조자분들게 기적적으로 구조되었습니다.

구조자분들께서는 고양이를 키워보신 적이 없으신 분들이셨어요. 조그마한 생명체를 살려야겠다는 의지로 별이를 구조하셨지만, 무엇을 어떻게 해야 할지 몰라서 당황하셨다고 해요. 다행히 고양이를 키우시는 고양이 박사 지인이 계셔서, 가까운 24시 동물병원에 별이를 데려가실 수 있었어요. 별이는 그렇게 구조가 되었고 천사 같으신 구조자분들게 잠시동안 보호를 받았습니다.

구조자분들게
사랑받은 별이

우연히 저는 그 당시에 큰 고양이 랑이의 동생을 입양할 고민을 하고 있었어요. 큰 고양이 랑이는 이전 책인 〈우린 마음으로 통해〉에서 소개했듯이, 보호소에서 입양해 온 이제 3살이 된 고양이입니다. 랑이는 1살 때 보호소에서 잠시 동안 살

앉던 경험이 있는데, 그래서인지 겁이 매우 많고 정말 예민해요. 분리불안이 특히 심해서 제가 외출을 하면 불안한 마음에 침대에 실수를 하는 일이 점점 잦아지고 있었습니다.

  고양이가 외로움을 잘 타지 않는다는 말은 사실이 아니었어요. 랑이는 정말로 외로움을 많이 타는 고양이었습니다. 그런 랑이에게 동생이 있으면 랑이가 덜 외로워하고 불안해하지 않을 것 같다는 생각이 들었어요. 그래서 네이버 고양이 카페인 '냥이네'와 인스타그램을 들락거리며 랑이의 동생 후보를 찾고 있던 중이었습니다.

3 묘연과의 기적 같은 만남

그날 역시 저는 고양이 카페와 인스타그램을 찾아보며 고양이를 입양하고 싶다는 생각을 하고 있었어요. 문득 고양이 카페 '냥이네'를 보며 임시 보호 글들을 보고 있는데, 익숙한 지역의 이름을 발견했어요. 이제 막 2개월이 안 된 손바닥만한 아기고양이가 구조되었는데, 고양이를 데려간 동물병원 영수증에 찍힌 주소가 바로 회사 근처였지요. 그 글을 보았는데, 이 아이를 우리 집으로 데려와야겠다는 생각이 강하게 들었어요. 도로에서 구조된 아기 고양이였는데도 정말 예쁘게 생겨서 한눈에 반하고 말았답니다.

처음에 가장 걱정했던 건 예민하고 예민한 랑이가 과연 동생을 잘 받아들일 수 있을까 하는 문제였어요. 그리고 데려오려는 아기고양이가 랑이랑은 다르게 길에서 컸기 때문에 답답한 우리 집에서 잘 적응할 수 있을까 하는 걱정이 앞섰습니다. 그래서 갈 곳 없는 아기고양이에게 보금자리를 만들어 주자는 마음으로 구조자분께 임시 보호 신청 쪽지를 보냈습니다. 이때 저는 모르는 사람이 보낸 쪽지에 대해 구조자분들께서 걱정하실까봐 큰 고양이 랑이와 저의 일상이 담긴 인스타그램 링크를 같이 보내드렸어요. 혹시나 고양이를 보냈는데 위험한 상황이 발생할까 걱정하실 듯하여 제가 그런 사람이 아니라는 믿음을 드리고 싶었어요.

제 진심이 통했는지 구조자분들께서는 다행히 많은 쪽지들 중에 제 쪽지를 보시고 저에게 아기고양이를 보내야겠다고 생각하셨다고 해요. 아마도 제 인스타그램의 큰 고양이 랑이가 진심으로 행복해하는 표정들에 감동을 하신 것 같았어요. 저의 진심이 통한 것 같아서 정말로 기쁘고 행복했습니다.

우리는 아기고양이를 저의 집으로 데려올 약속을 정했어요. 그 며칠 사이 저는 아기고양이가 집에 적응할 수 있도록 고양이 화장실을 따로 만들어주고, 아기 고양이가 먹을 수 있는 키튼 사료와 장난감 등을 준비했어요.

사실 랑이를 몸이 다 큰 1살 때 데려왔기 때문에 아기고양이를 키워보는 일은 처음이라서 걱정을 많이 하곤 했어요. '아기 고양이가 화장실을 못 가고 이곳저곳에 실수를 하면 어쩌지. 밥을 안 먹고 계속 울어서 내가 잠을 못 자는 상황이 되면 어떻게 하지' 등의 걱정들이 있었지만 그래도 너무나도 귀여운 아기고양이를 데려올 설렘에 두근거렸답니다.

드디어 약속한 당일이 되었어요. 그날은 평일이었는데 정말로 고맙게도 구조자분들께서 아기고양이를 데리고 저의 집까지 와 주셨어요. 고양이를 데리고 운전을 하기가 쉽지 않기 때문에 저를 걱정해서 해주신 따뜻한 배려였지요.

놀랍게도 구조자분들께서는 제 회사 근처가 아닌 1시간가량 더 멀리 떨어진 곳에 사시고 계셨어요. 저는 그 마음에 정말 감동하게 되었는데요.

아기고양이를 구조하신 이야기를 들어보니, 차를 운전하고 길을 가다가 아기고양이를 고속도로의 한복판의 도로 모퉁이에서 발견하셨다고 해요. 그냥 지나치려고 했지만 쌩쌩 달리는 차들이 도로에서 아기고양이가 살아남을 수 없다고 생각되어 용기를 가지고 구조하셨다고 합니다. 그리고는 아기고양이를 24시간 운영하는 동물병원에 데려가셔서 검사를 받게 해 주셨어요. 구조자분들의 집에서 많이 떨어진 곳임에도 그렇게 마음을 써주신다는 것에 정말 큰 감동을 받았었어요. 세상에 이런 천사분들이 있구나. 세상에는 따뜻하고 좋은 분들이 계시는구나. 하는 생각도 들었습니다. 그렇게 아기고양이는 위험한 도로에서 엄마를 잃고 있다가 별빛이 내린 밤에 기적적으로 구조되게 되었습니다.

<u>4</u> 너무나 갑작스러웠던 두 고양이의 첫 만남

   손바닥만한 작고 소중한 아기 고양이를 저희 집으로 데려왔을 때, 집에는 3살의 몸집이 큰 랑이가 잠을 자고 있었어요. 랑이는 아기 때부터 사람과 함께 커왔기 때문에 다른 고양이를 자주 보지는 못했던 상태였어요. 특히 다른 고양이와 함께 생활한 적은 없습니다.

   저는 작은 아기 고양이를 우리 집 거실에 데려다가 놓았어요. 구조자님들께서 고맙게도 아기고양이에게 필요한 물품들을 다 가져다주셔서 별이의 안정을 위해 제가 더 준비할 건 없었어요. 별이는 아주 조그마한 아기여서 겁도 두려움도 없어 보였어요. 작은 몸으로 집안을 총총 돌아다니며 집안을 탐색했답니다. 별이를 집에 데리고 오자 호기심은 많지만 겁도 너무너무 많은 랑이는 금세 별이 근처에 다가왔어요. 하지만 겁이 많은 랑이는 별이를 멀리서 지켜보고 관찰하곤 했습니다. 아기고양이 별이는 큰 고양이를 보니 엄마를 다시 만난 것 같고 반가웠는지 총총거리며 랑이에게 다가갔어요. 랑이는 놀란 나머지 꼬리를 부풀이고 하악질을 했습니다. 고양이가 꼬리를 부풀린다는 건 상대를 매우 경계하여 자기의 몸을 최대한 크게 만들어 스스로를 보호하는 행동이지요. 하악질이란 고양이가 입을 크게 벌리고 맹수가 상대를 위협하는 것처럼 이빨을 내놓는 행동인데요. 랑이가 별이를 보고 그만큼 놀란 상태였어요. 하지만 별이는 오랜만에 만난 큰 고양이가 정겨웠는지 랑이가 돌아다니면 쪼르르 따라다니곤 했답니다.

고양이의 합사는 사실 이렇게 진행이 되면 안 된다는 걸 뒤늦게 알게 되었어요. 고양이와 고양이가 만나는 일은 예민한 아이들에게 스트레스를 줄 수 있기 때문에 처음에는 서로 격리를 하고 천천히 진행했어야 하는 것이었어요. 고양이 두 마리를 만나게 하는 일이 처음인지라 너무 제 스타일대로 둘을 만나게 했던 것이지요.

아기 고양이 별이는 랑이가 너무 좋아서 랑이를 졸졸 따라다니며 장난을 쳤고, 태어나 처음 보는 아기고양이가 무서웠던 랑이는 하악질을 너무 많이 해서 목이 쉬어버리기도 했습니다. 처음에는 랑이에게 무슨 일이 있었는지 걱정되어 의사 선생님께 전화를 드리니, 고양이가 야옹을 너무 많이 하면 목이 쉴 수 있다고 웃으셨어요. 다행히 랑이는 일주일 정도가 지나니 목소리가 돌아왔고, 그 사이 둘은 나름대로 편안하게 서로를 받아들일 수 있었답니다.

하지만 제가 그때로 다시 돌아가서 두 고양이를 만나게 한다면, 그렇게 갑작스럽게는 진행하지 않을 것 같아요. 보호소에서 와서 그런지 겁이 매우 많고 예민한 랑이가 난생처음 보는 작은 생명체를 보고 많이 당황했을 것 같아요.

아기고양이 별이는 큰 고양이 랑이를 보고 엄마 같은 마음을 느꼈는지 반가워하고 좋아하는 모습이 느껴졌었는데, 상대적으로 큰 고양이 랑이는 별이를 보고 도망 다니기 바빴고, 털을 자주 세우며 하악질을 하곤 했어요. 이제는 둘이 잘 적응을 해서 너무나도 다행이지만 그때로 돌아간다면 일주일 이상의 충분한 격리 기간을 두었을 것 같아요.

부쩍 친해진 두 고양이

고양이 합사하기

．
．
．
．
．

　제 경우 랑이를 위해 아기고양이를 데려오려고 노력했었어요. 자기의 영역에 자기보다 몸집이 큰 고양이가 불쑥 들어온다면 랑이의 경계심이 훨씬 더 심해질 것이라고 생각했어요. 그래서 랑이가 자연스럽게 동생으로 받아들일 수 있는 아기고양이를 데려오게 되었답니다.

　합사를 하게 될 때 일반적으로 두 고양이를 일주일 정도 격리시키곤 합니다. 고양이는 영역 동물이기 때문에 갑자기 다른 동물이 자기 영역에 침범하게 되면 이를 굉장히 싫어하고 예민하게 반응하기 때문이에요. 일주일 정도 시간을 두고 생활을 하게 한 뒤에 조심스럽게 합사를 시켜서 서로의 냄새를 맡도록 하는 것이 바람직한 합사 방법이에요.

　이 과정에서 처음에는 랑이처럼 더 예민하고 겁이 많은 고양이들이 도망가기도 하고 으르렁거리기도 합니다. 하악질을 하는 경우도 굉장히 많다고 하니, 혹시 우리 고양이가 합사 이후로 가끔 하악질을 한다고 해도 너무 걱정하지 않으셔도 될 것 같아요.

저의 경우 처음에 일부러 화장실을 분리해주었는데요. 아니나 다를까 고양이들이 처음에는 화장실도 각자 다른 곳을 사용하곤 했어요. 하지만 시간이 지나고 나니 그런 경계도 없어지고 밥도 같이 먹으며 사이좋은 나날을 보내고 있답니다. 랑이와 별이가 서로를 핥아줄 때는 저도 큰 행복을 느껴요.

랑이의 뽀뽀에 놀란 별이

5 두 묘생을 돌보는 행복

고양이도 사람처럼 성격이 다 다르다는 말이 있죠. 실제로 고양이를 둘 이상 키워보면 이 말을 이해할 수 있게 되어요.

큰 고양이 랑이의 경우 사료와 츄르 외에는 다른 음식에는 절대 입을 대지 않아요. 그래서 같이 살기 편하고 신경 쓸 일이 적었어요. 반면에 아기고양이 별이는 거의 모든 음식의 맛을 봐야 직성이 풀리는 모양이에요. 심지어는 과일들도 좋아해서 수박과 귤을 맛있게 먹는답니다. 하지만 초콜릿과 포도 등 고양이가 먹어서는 안 되는 음식들이 있으므로 신경을 많이 쓰는 편이에요.

또한 랑이는 목걸이를 절대 하지 않지만 별이는 목걸이에 크게 예민하지 않아요. 랑이의 경우 혹시나 잃어버리면 찾지 못할까봐 인식표가 붙은 목걸이를 해준 적이 있는데, 그걸 자기 발톱과 입으로 찢으려고 해서 당황스러웠어요.

하지만 별이는 목걸이에 크게 예민하지 않아서 다양한 모양과 색상의 예쁜 목걸이를 바꿔가며 해주는 재미가 있습니다. 별이의 목걸이 한 모습을 보면 정말로 사랑스럽답니다.

저는 사실 올해 인생에서 가장 힘든 시간들을 겪게 되었어요. 아빠께서 갑자기 수술을 받으시다가 사고를 당하셔서 하루아침에 병원 생활을 하시게 되었어요. 수술이 잘못되어 아빠께서는 이제 더 이상 두 발로 걸으시지 못하는 마음이 아픈 상황을 맞으셨습니다. 이로 인해 가족들도 충격에 빠지고 심리적으로 많이 힘든 상태가 되었어요.

하루가 어떻게 가는지도 모르고 우울한 일상이 반복되었지만 그래도 집에 오면 귀여운 고양이들이 반겨 주어 덕분에 가끔은 행복이 마음에 찾아왔어요. 고양이들이 저와 제 가족들을 웃게 해 주었고 따뜻한 온기를 느끼게 해 주었어요. 내 삶에서 가장 잘한 일 중 하나가 랑이와 별이를 데려온 일이지요. 내가 엄마를 잃고 버려진 고양이들을 구조해주었다고 생각했지만, 랑이와 별이가 제 삶을 구해주었답니다.

6 길고양이를 구조했을 때 무엇을 해야 할까요?

　길고양이를 구조할 때는 신중히 생각하고 결정해야 합니다. 혹시 어미 고양이가 먹이를 찾으러 잠시 자리를 비웠는지 잘 살펴보아야 하고요. 길고양이를 사람이 만지게 되면 사람의 체취가 고양이에게 스며들게 되는데, 이를 '손이 탄다'라고 표현합니다. 이렇게 손이 탄 고양이는 어미가 알아채고 데려가지 않아서 무리에서 왕따가 되는 경우가 많아요. 그래서 고양이를 구조할 때는 정말로 구조가 필요한 상황인지 신중히 고려해야 합니다. 또한 길고양이를 함부로 만져도 그 고양이가 무리에서 어울리지 못하는 상황이 발생할 수 있어서 조심해야 합니다.

　별이와 같이 정말로 위험한 순간에는 구조해야 한다고 생각이 되어요. 아마 별이는 그날 구조되지 못했더라면 슬픈 순간을 맞이했을 거예요.

고양이를 처음 구조했을 때는 가까운 24시 동물병원을 찾아가 간단한 검사를 받게 해 주어야 합니다. 고양이가 밖에 머물게 되면 크고 작은 병에 걸릴 수 있는데, 귀 진드기, 파보 검사 등의 간단한 검사를 하여 고양이의 건강에 이상이 있는지 꼭 확인해야 해요.

고양이의 건강 검사는 다음에 만날 임시보호자와 입양자를 위해서도 꼭 필요한 절차입니다.

진료 및 미용 내역

동물명 : 길냥이

항목	단가	수량
진료비-야간응급진료 (20:00~24:00)		1
	할인	
*면)키트-고양이범백파보-FPV		1
*면)키트-고양이-FeLV+FIV		1
*면)분변도말검사(wet, dry)		1
검사-귀-검이경		1 1
귀세척 - 기본		1

7 고양이와 가족이 되기

　고양이와 가족이 되는 방법은 다양하지만 제가 아는 몇 가지의 방법을 소개하려고 합니다. 제가 가장 추천하는 방법은 구조된 고양이를 임시 보호 후 입양하는 방법이에요. 임시 보호란 구조가 되었지만 갈 곳이 없는 고양이를 집으로 데려와서 고양이의 입양처가 구해질 때까지 고양이가 편안히 쉴 수 있도록 거처를 마련해 주는 일이에요. 임시 보호를 하다가 고양이와 잘 맞고 보내기 싫다는 생각이 들면 임시 보호를 요청했던 개인 혹은 단체에 연락을 해서 고양이를 입양하면 됩니다.

　임시 보호가 필요한 고양이들의 글은 하루에도 수십 건 이상이 올라오곤 해요. 고양이의 임시 보호 글을 볼 수 있는 곳은 '네이버 카페 냥이네(https://cafe.naver.com/clubpet)', '인스타그램 묘생길(@myo_myo.gil)' 등이 있습니다. 이곳에 들어가 보시면 귀여운 고양이들이 머물 곳을 찾고 있는 글들이 많아요.

고양이를 입양하고 싶다면 임시 보호했던 고양이를 그대로 입양하는 방법이 있고, 보호받고 있는 고양이를 입양하는 방법, 직접 구조하여 입양하는 방법이 있어요.

　이 중 임시 보호했던 고양이를 그대로 입양하거나 보호받고 있는 고양이를 입양하려면 고양이를 구조하였던 개인 혹은 단체의 꼼꼼한 입양 절차를 밟아야 합니다.

　실제로 고양이를 입양하기로 하고 집으로 데려갔는데 고양이가 너무 많이 울거나 털이 날리는 등의 이유로 인하여 파양이 되는 경우가 굉장히 자주 일어나고 있어요. 환경에 예민한 성격의 고양이들은 파양이 되어 다시 돌아오게 되면 굉장한 스트레스를 마음에 품고 살아가게 됩니다. 그래서 보호소에 있던 랑이처럼 성격이 더 예민하게 바뀌는 경우가 많다고 해요. 고양이의 입양은 나와 잘 맞는 일인지 신중히 검토하고 신청해야만 합니다.

　구조가 필요한 고양이를 직접 구조하여 가족이 되어 주는 경우도 종종 있어요. 이런 고양이는 보통 길에서 많이 생활했기 때문에 집에 데려오면 얌전하기보다는 바깥 생활을 할 때처럼 울거나 뛰어다니는 일이 많을 수 있어요. 집에서만 컸던 고양이들보다는 조금 더 거친 성향이 될 수도 있기 때문에 이를 감안하고 결정해야 합니다.

　고양이를 키우고 싶다고 마음먹으셨나요? 그렇다면 가장 중요한 일인 '알레르기 검사'를 꼭 받아보셔야 합니다. 고양이를 입양했다가 파양하는 사례 중 본인이 고양이 알레르기가 있는지 몰랐다는 경우가 생각보다 많이 있어요. 사실 우리가 고양이와 한 공간에서 생활하는 일은 살면서 많지 않기 때문에 고양이 알레르기가 있는지 모르고 사는 경우가 많죠.

고양이 알레르기 검사는 내과나 이비인후과에 가면 검사받을 수 있어요. 여기서 재미있는 사실은 내가 강아지를 오래 키워봤다고 해서 고양이도 괜찮다고 생각하면 안 된다는 거예요. 검사지를 보면 고양이 알레르기와 강아지 알레르기는 다르게 구분되어 있고, 실제로 강아지 알레르기 수치가 낮은 편인데 고양이 알레르기 수치가 높을 수가 있어요. 그래서 고양이와 가족이 되기로 마음이 먹었다면 근처 병원에 가서 알레르기 검사를 꼭 해보셨으면 하는 바람입니다.

No Allergen	Class	IU/mL
95 Cat (고양이) (E1)	2	1.42
96 Dog (개) (E5)	0	0.03
97 Horse (말) (E3)	0	0.00
98 Guinea pig (기니피그) (E6)	0	0.03
99 Sheep (양) (E81)	0	0.01
100 Rabbit (토끼) (E82)	0	0.22
101 Hamster (햄스터) (E84)	0	0.03

표
피
류

알레르기 검사지

8 고양이 입양을 고민하시나요?!

　우선 구조된 고양이의 임시 보호부터 시작해 보세요. 이 고양이와 나와 잘 맞는다고 생각이 들면 임시 보호를 하다가 나도 모르게 고양이를 자연스럽게 입양하게 됩니다.

　1개월 정도의 아기고양이를 임시 보호하게 된다면 수유를 해줘야 해서 힘들 수가 있어요. 특히 낮에 집에 없는 직장인들은 고양이가 몇 시간마다 우유를 먹어야 하기 때문에 밖에 있는 시간 동안 신경이 많이 쓰일 거예요. 또한 눈앞에 사람이나 큰 고양이가 없다면 아기고양이가 많이 울기 때문에 자주 안아주어야 합니다. 너무나도 사랑스럽지만 그만큼 손이 많이 갈 수 있기 때문에 내가 감당할 수 있는지 신중하게 생각해보시고 임시 보호와 입양을 신청해보셨으면 합니다.

　임시 보호나 입양을 고려하는 고양이가 2개월 정도가 되었다면 우유 대신에 키튼 사료를 먹여도 되어서 밥을 주는 면에서 조금 편하실 거예요.

그리고 고양이 습성 상 2개월의 작은 아기일지라도 용변을 꼭 모래가 있는 화장실에서 본답니다. 그 모습이 정말 사랑스러워요, 그래도 아직 많이 울 수 있으니 잘 때는 같이 자줘야 하고 자주 안아주는 게 좋아요.

처음부터 화장실을 잘 썼던 별이

몸이 다 큰 성묘의 입양을 고려하고 계신가요? 성묘도 귀엽고 정말 사랑스러워요. 화장실을 스스로 가는 방법도 잘 알고 먹이도 잘 가릴 수 있으니 고양이를 키우는 집사의 입장에서는 한결 편합니다. 하지만 아기고양이 못지않게 성묘도 정말 애교가 많고 사랑스러워요. 고양이의 몸은 1살 정도가 되면 뼈가 거의 자란 상태가 된다고 하는데요. 집안에서 생활할 경우 고양이의 수명은 15살 정도이니 몸이 컸어도 나이가 어리다면 정말 사랑스러운 아기라고 생각해볼 수 있어요. 우리 집 큰 고양이 랑이는 입양 올 당시에 몸은 다 컸지만 1살밖에 되지 않았었는데요. 생활 습관이 이미 형성되어 있었기 때문에 화장실이나 밥 걱정을 하지 않는 장점이 있었고 마음은 아기여서 애교가 정말 많아서 사랑스러웠어요.

고양이가 몸이 크다는 이유로 길에 버려지는 슬픈 사연이 많이 있어요. 성묘를 입양하는 일도 아기고양이 만큼이나 삶을 행복하게 해줄 수 있으니 성묘의 입양을 긍정적으로 생각해 주셨으면 하는 바람이 있습니다.

길어야 몇 년을 채 살지 못하는 길고양이들이 하루빨리 좋은 가족을 만나, 불완전한 사람과 갈 곳을 잃은 고양이들이 서로의 따뜻한 안식처가 되어 주었으면 하는 마음을 글에 담았습니다. 글을 읽어주시는 모든 분들과 세상의 고양이들의 행복을 빌어요.

Writer

신지원 X 호빵 @hobbang_jjin

우연히 시작한 유기견 봉사활동이 계기가 되어

동물권 보호에 관심을 가지게 되었고,

언젠가는 이 세상 모든 동물들이

행복해지는 날이 오기를 희망하며

하루하루 제가 할 수 있는 일들을 실천해나가고 있는 중입니다.

너의 계절은 호빵

1 어미견과 새끼견 : 호빵이와 찐빵이

  2021년의 어느 여름날, 우연히 한 장의 사진을 보게 되었습니다. 평택시보호소에 공고 중인 안락사를 앞둔 어미견과 세 마리의 새끼견들이었습니다.

  사진 속의 어미견은 아사 직전의 상태였고, 눈도 채 뜨지 못한 세 마리의 새끼견들을 품에 안은 채 찬 보호소바닥에 누워 체념한 듯 보였습니다. 보호소가 세상의 전부일 세 마리의 새끼견들과 그런 새끼견들을 품에 안고 자신의 앞날을 예견한 듯 모든 걸 내려놓은 듯한 모습의 어미견에게 따뜻한 집밥을 선물해주고 싶었습니다.

구조를 위해 방문한 보호소에서 주말 동안 세 마리의 새끼 견들 중 두 아이가 하늘나라로 떠났다는 소식을 듣게 되었습니다. 열악한 보호소에서, 또 아사 직전의 어미 품에서 새끼 견들이 버티기에는 너무나 힘들었을 거라 생각합니다. 공휴일이 붙어있었던 때라 이 아이들에게는 어쩌면 더 길었을지도 모를 주말, 불 꺼진 깜깜한 보호소에서 새끼들이 떠나는 모습을 그저 옆에서 지켜볼 수밖에 없었을 어미견을 생각하니 조금 더 일찍 구조되었더라면 어땠을까 하는 마음에 너무 미안했습니다.

집에 온 어미견의 모습을 보고 마음이 너무 아팠습니다. 새끼견들을 떠나보낸 탓인지 어미견은 많이 예민한 상태였고 사람에 대한 불신과 경계심이 가득해 보였습니다. 이동 켄넬에서 꼬박 하루가 다 지나서야 밖으로 나왔고 앞에 놓여있는 밥을 먹기 시작했습니다. 켄넬 밖으로 나온 어미견은 갈비뼈가 선명하게 드러나 있었고, 거의 영양실조에 가까운 듯한 모습이었습니다. 배가 너무 고팠는지 경계를 하던 모습은 온데간데없고 허겁지겁 급하게 밥을 먹기 시작했습니다. 출산한지 얼마 되지 않은 상태에서 아무것도 먹지 못했을 어미견을 생각하니 그동안 얼마나 배가 고팠을지 너무나 안타까운 마음이 들었습니다.

어미견과 새끼견에게 잘 먹고 통통하게 되라는 마음으로 호빵이, 찐빵이라는 이름을 붙여주었습니다.

2 홍역 양성, 아기 찐빵이와의 이별

키트 검사 결과 어미견과 새끼견 모두 홍역 양성반응이 나왔고, 그렇게 어미견과 새끼견은 나란히 병원에 입원하게 되었습니다. 열흘간의 입원 치료를 마치고 두 번째 임보처로 이동하게 되었습니다.

병원에 있는 동안 서로 다른 입원장에서 떨어져 지내며 치료받느라 많이 힘들었을 어미견과 새끼견은 따뜻한 임보처에서 한결 마음이 편안해 보였습니다. 임보자님께서 아이들을 위해 따뜻한 방석을 마련해주셨고, 아기  찐빵이를 위해 장난감도 선물해주셨습니다. 어미견과 새끼견은 아마 태어나서 처음 따뜻함을 느껴봤을지도 모르겠습니다.

하지만 행복한 날이 그리 오래가지는 못했습니다. 아기 찐빵이가 설사를 하기 시작했고 홍역 후유증인 틱 증상이 나타나기 시작했습니다. 다음날 호빵이와 찐빵이 모두 급히 병원으로 이동했고 그날 저는 하늘이 무너지는 것만 같았습니다. PCR 검사 결과 호빵이, 찐빵이 모두 여전히 홍역 양성반응이 떴고, 특히 아기 찐빵이는 이미 틱 증상이 시작되어 예후가 좋지 않다는 이야기를 듣게 되었습니다. 아기 찐빵이는 시간이 갈수록 틱 증상이 심해졌고 밥을 먹는 것도, 가만히 서 있는 것조차도 점점 힘들어 보였습니다. 아직 태어난 지 몇 개월도 채 안 된 어린 아기 찐빵이가 그 고통을 오롯이 혼자서 견뎌내야 한다고 생각하니 너무 안타깝고 미안한 마음이 들었습니다.

역시나 홍역 양성으로 함께 입원장에 있었던 어미견 호빵이 또한 많이 지쳐있었던 상태로, 예민해져 있던 어미견과 새끼견은 각각 다른 입원장에서 지내게 되었습니다. 그리고 그게 이 아이들이 함께한 마지막 순간이 되었습니다.

비가 많이 오던 어느 날, 오전 일찍 보내온 의사 선생님의 메시지에는 찐빵이가 멈추었던 설사를 다시 시작했고 열이 올라가고 있어서 아마 오늘을 넘기기 힘들 거 같다고 적혀있었습니다. 며칠 전까지만 해도 살려는 의지를 보이며 설사도 멈추고 밥도 잘 먹던 찐빵이였기 때문에 실낱같은 희망을 가지고 있던 저에게는 너무나 절망적인 소식이었습니다. 오후쯤 걸려 온 전화에서는 우리 찐빵이가 좀 전에 하늘나라로 떠났다는 이야기를 듣게 되었습니다.

거세게 오는 비를 그대로 맞으며 바닥에 주저앉아 계속 울 수밖에 없었습니다. 아기 찐빵이에게 더 큰 세상을 선물해주겠다는 약속을 지키지 못해 너무 미안했고, 살리고 싶었던 제 욕심으로 인해 아기 찐빵이가 너무 많이 힘들진 않았을지, 그리고 새끼견들을 모두 지켜주지 못해 어미 호빵이에게 너무나도 미안했습니다.

3 마음의 문을 열기 시작하다

  우연의 일치였었던건지, 아기 찐빵이가 형제들 품으로 소풍을 떠나고 나서 얼마 후 다시 검사한 어미 호빵이의 PCR에서 홍역 음성반응이 떴습니다. 아기들을 모두 떠나보내고 세상에 홀로 남겨진 어미 호빵이는 씩씩하게 홍역을 이겨내고 위탁처로 이동하였습니다.

  그렇게 위탁처로 이동한 후, 시간이 지나면서 위탁처에서 함께 지내는 강아지 친구들의 도움으로 호빵은 점점 마음의 문을 열게 되었습니다.

  새끼견들과 함께 있어 그저 어미견으로만 보였던 호빵이에게서 아이 호빵이의 모습이 보이기 시작했습니다. 병원 진료 결과 호빵이는 2살 추정의 아이였습니다. '임보처에서의 따뜻한 방석과 장난감 모두 호빵이에게도 처음이었겠구나'하는 생각이 들었습니다.

위탁처에서 난생 처음 크리스마스 도넛 선물도 받아보고, 장난감 선물도 받으며 가을, 겨울, 봄이 찾아왔고 시간이 지나면서 호빵은 점점 안정을 찾기 시작했습니다.

　이제 친구들과는 잘 지내는 호빵이지만, 사람에게는 여전히 겁이 많은 호빵이였기에 사람과 함께 많은 시간을 보낼 수 있는 임보처가 너무나도 간절했습니다. 그런 마음을 알아주셨던 건지, 감사한 분의 도움으로 어느 봄날 따스한 햇살 같은 임보자님을 만나게 되었고, 낯선 임보처에서 다행히 호빵은 잘 적응하는 모습이었습니다.

호빵이는 배변 훈련을 받은 적도 없었고, 가정에서 사람과 함께 생활하는 게 처음이었기 때문에 모든 게 서툴고 낯설었을 겁니다. 하지만 신기하게도 임보처에서 함께 지내는 다른 강아지 친구들이 패드 배변을 하는 것을 보고 아무도 알려주지 않았음에도, 따라서 패드 배변을 하기 시작했고, 터치와 앉아, 기다려 등 심지어 종 치기까지 한번 가르쳐주면 금방 배우고 따라 하기 시작했습니다.

 이렇게 하나씩 배워가는 호빵이를 보며 어느 아이든 차분히 알려주고 기다려주면 가능하다는 걸 느끼게 되었습니다.

4 산책을 한 번도 해본 적 없던 아이,
산책 마니아가 되다

산책을 한 번도 해본 적이 없었던 호빵이. 목줄을 시도했을 뿐인데 그만 잔뜩 성이 나서 난리가 났던 날. 호빵의 기분을 풀어주기 위해 급히 고기를 사 오신 임보엄마의 마음을 알았던 건지 다행히 금방 또 화가 풀린 호빵.

그 후 임보엄마의 끊임없는 노력으로 호빵이는 한 발짝, 한 발짝 밖으로 나오기 시작했고, 그렇게 산책을 시작하게 되면서 더 넓은 세상을 마주할 수 있게 되었습니다.

목줄을 하고 산책을 하는 것이 두려워 임보엄마의 품에 안겨 계단을 내려오던 호빵이는 불과 몇 개월 만에 산책 마니아가 되어 집으로 가는 지름길을 지나치고, 집에 들어가지 않으려 해서 결국 임보엄마 품에 안긴 채 집으로 들어오는 아이가 되었습니다.

이제는 산책의 즐거움을 알게 된 호빵이. 여름에는 꽃개도 해보고, 가을에는 떨어지는 낙엽에 뮤직비디오도 찍어보고, 겨울에는 군밤 모자를 쓰고 산책하는 등 이제는 어느덧 프로 산책견이 되었답니다.

5 가족을 기다려요 : 호빵이를 소개합니다

그렇게 또다시 봄, 여름, 가을이 지나고 겨울이 돌아왔어요. 아이들의 시간은 더 빠르게 흐르고 있을 거예요. 1년 5개월이라는 시간이 흘렀고, 가족을 만나기 위해 아이를 잃은 슬픔도 이겨내고, 고통스러운 홍역도 씩씩하게 이겨내고, 위탁처에서 용기 내 친구들에게 마음을 열기 시작하여 이제는 임보처에서 사람과 함께 지내는 법을 알아가는 중인 호빵이에요.

누군가의 반려견으로 살아왔을지, 어쩌면 태어날 때부터 떠돌이견으로 살아왔을지 모르겠습니다. 힘든 일을 많이 겪고 모든 걸 이겨내며 여기까지 온 만큼, 이제 앞으로 호빵이의 견생에 꽃길만 가득하기를 간절히 바랍니다.

오늘도 여전히 가족을 기다리고 있는 호빵이에요.

가장 먼저, 호빵이가 좋아하는 걸 소개해드릴게요.

호빵이는 간식을 정말 좋아합니다. 간식은 가리는 것 없이 다 잘 먹어요. 호빵이의 마음을 두드릴 수 있었던 가장 고마운 존재 또한 바로 간식이었답니다.

호빵이가 좋아하는 게 또 있는데요, 바로 산책입니다. 처음에 임보엄마의 품에 안겨 첫 산책을 할 때까지만 해도 산책을 어떻게 하는 건지 몰라 집 주변만 맴돌던 호빵이었는데, 어느덧 프로산책견이 되어 멋진 산책 매너를 자랑하는 실외배변러가 된 호빵이랍니다. 소심한 뒷발차기도 얼마나 잘하는지 몰라요.

호빵이의 최애 장난감은 바로 노란 공인데요, 다른 색 공은 관심 없고 오로지 노란 공만 좋아한다는 호빵이에요. 잘 때도, 밥을 먹을 때도 항상 호빵 곁에는 노란 공이 있어요. 임보엄마께서 호빵이 입양 갈 때 가져가라고 따로 노란 공을 챙겨놓으셨을 정도랍니다.

이렇게 호빵이가 좋아하는 게 참 많은데, 그중에서도 제일 좋아하는 건 바로 임보아빠가 아닐까 싶어요. 처음 호빵을 만났을 때만 해도 남자 사람을 무서워했었는데 언제부터 남자사람을 좋아하게 된 건지, 지금은 완전 임보아빠 바라기라고 합니다. 임보엄마께는 보여주지 않는 애교 가득한 모습들도 임보아빠께는 보여드리고, 임보아빠 옆자리는 항상 호빵차지라는 믿을 수 없는 이야기. 호빵아 임보아빠가 그렇게 좋니?

호빵이는 차분하고 조용한 편이에요. 놀 때는 확실하게 노는 아이지만 그 시간이 되게 짧은 편이랍니다.

또, 호빵이는 자기애가 굉장히 강한 아이에요. 자기 몸을 많이 챙기는 듯하고, 간식도 패드나 방석 위에서 먹고 절대 맨바닥에서 먹지 않아요. 편한 곳은 기가 막히게 잘 찾아 눕는 호빵이랍니다.

호빵이가 잘 웃지 않는 거 같다, 밝은 아이는 아닌 거 같다라는 말을 들은 적이 있어요. 호빵은 다른 아이들처럼 자주 웃는 아이는 아니지만, 그래서인지 가끔 한 번씩 웃어줄 때면 정말 이보다 행복할 수가 없답니다. 호빵이가 방긋 웃는 건 정말 기분이 좋다는, 행복하다는 의미일 거거든요.

호빵 프로필

이름 : 호빵
나이 : 2살 추정
몸무게 : 13Kg
접종 및 중성화 완료

☆ 간식 좋아하고, 산책 좋아해요.
산책 중 고양이 친구를 만나도 흥분하지 않아요.

☆ 낯선 사람과 친해지기까지
시간이 조금 필요할 수 있어요.
천천히 기다려주신다면
분명 호빵이와 친해지실 수 있어요.

입양문의 @hobbang_jjin
평생을 함께하게 될 소중한 가족입니다.
입양문의는 신중하게 부탁드립니다.

6 호빵이에게 보내는 편지

호빵아 안녕? 네가 기억할지 모르겠어. 어쩌면 너와 가장 가깝고도 네가 가장 멀게 느껴질지도 모르겠는 언니야. 아직도 생각나. 너와 찐빵이가 온다고 대형패드도 사놓고, 호빵이랑 찐빵이가 지낼 공간을 작게나마 마련한다고 분주했었던 날들. 너희들 밥 주고 배변 치우는데 호빵이가 작은 언니를 물려고 하고 으르렁하며 짖어서 그날 이후부터 우리 모두 집에서 살금살금 호빵이 눈치를 보며 지냈었던 기억도 나. 지금 생각해보면 우리가 너를 무서워하기보다 낯선 우리가 더 무서웠을 호빵이인데 너무 미안해.

병원에 데려가던 날, 어떻게 너를 켄넬에 넣을지조차 막막했었는데 으르렁하며 짖을 줄만 알았던 너는 막상 가까이 가니 바르르 떨며 얼음이 되어버렸었어. 병원에 가서도 참 얌전히 주사를 맞고 진료를 받던 널 보면서 한편으로는 안타까운 마음이 들었어.

그리고 우리 집을 떠나 병원으로 입원 치료를 가던 날 아침, 그날이 우리 집에서 보는 마지막 너의 모습일 거란 생각이 들어서인지 아침에 나가는 발걸음이 너무 무거웠었어. 병원으로 간 네가 많이 아프진 않을지, 낯선 곳에 가서 불안하지는 않을지 매일매일이 걱정의 연속이었어. 그때 더 오래 함께해주지 못했어서 정말 너무 미안해.

모든 게 낯설고 또 사람이 참 무서웠을 텐데 호빵이를 더 불안하게 했던 건 아닌지, 정말 하나도 모르는 언니였어서 너무 미안해. 아기 찐빵이를 챙기느라 우리 호빵이는 장난감 좋아할 거라는 생각도 차마 못 했었어. 어느 날 장난감을 가지고 노는 호빵이를 보면서 그제서야 우리 호빵이에게도 어쩌면 처음일 장난감일 수도 있겠구나 싶었어.

너무 감사한 분들의 도움으로 우리 힘든 일 많이 이겨내며 여기까지 왔잖아 호빵아. 앞으로는 정말 좋은 것만 보고 느끼며 살아갈 수 있도록 해줄게. 멀리서나마 늘 지켜보고 함께하고 있고, 언니는 언제나 우리 호빵이 편이니까 이제 호빵이 하고 싶은 거 마음껏 하렴.

7 제2의 호빵이들을 위해

호빵이는 아팠고, 새끼견들을 데리고 있던 어미견이었고, 경계심 가득하던 아이였습니다. 아직도 보호소에는 호빵이와 같은 아이들이 많이 있습니다. 아프고 경계심이 있는 아이들을 구조하고 입양하기를 결정한다는 건 결코 쉬운 일이 아니라는 걸 알고 있습니다. 하지만 그 아이들도 치료받으면 건강히 살아갈 수 있고, 마음의 문을 열 수 있도록 사람이 곁에서 조금만 기다려준다면 분명 모르는 사이에 조금씩 마음의 문을 열고 있을 겁니다.

사람을 무서워하고, 모든 게 처음이라 서툴고 낯설어하는 아이가 하나씩 배워가고 해나가는 것, 서서히 마음의 문을 열어가는 과정을 옆에서 지켜본다는 것이 얼마나 소중하고 행복한 일인지 호빵이를 통해 많이 느끼게 되었습니다. 제2의 호빵이들에게도 우리 호빵이처럼 밝은 아이가 될 수 있는 기회가 꼭 주어졌으면 하는 바람입니다.

Writer

성서은 X 콩이 @lucete_o5

책을 좋아하고 읽는 것에 재미를 느끼다가 글을 쓰기 시작했다.
지금은 다양한 도전과 끊임없이 노력한다.

아름다운 너의 모습

1 콩이의 별명은 콩토끼

우리 집 강아지
콩이의 별명은
콩토끼이다

자꾸 이리 팔짝 저리 팔짝
뛰어다니고

이리 도도도 저리 도도도
도망가고 따라다닌다

2 우리 집 강아지, 콩이 생각

어느 순간 나는
콩이를 생각하고 있다

이리 도도도
저리 도도도
뛰고 있는 모습을
생각하곤 한다

언제 저렇게 컸나
생각하면
어느 순간 내 머릿속은
온통 콩이로 가득 차고 만다

3 다양한 동물 속 콩이

콩이는 누우면
사막여우가 보인다

귀가 쫑긋해져서
사막여우를 닮았다

콩이를 들면
물범이 보인다

위에서 밑으로
콩이를 보면
물범을 닮았다

4 산책하는 콩이

콩이가 산책을 하면
굉장히 신나 한다

새로운 사람을 만나면
반가워하고 꼬리를 흔든다

콩이는 흙냄새 맡는 걸 좋아해서
산책의 절반 이상이 흙냄새를 맡는 것이다

5 잠자는 모습

네가 잠자는 모습은
참 귀엽고 특이해

넌 바닥에서
누워서 잠을 자거나

집 안으로 들어가서
목을 받치고 잠을 자

너의 잠자는 모습을 볼 때
난 네가 귀여워서 쳐다보게 돼

6 땅 파는 콩이

쇼쇼쇽
콩이의 땅 파는 소리

조용할 때 들리는
콩이의 땅 파는 소리는
우리 집 ASMR이다

자기 전에 땅을 파거나
간신히 밑에 숨겨져 있을 때
쇼쇼쇽 소리를 내며 땅을 판다

Writer

기니 언니 X 기니 @taeyimpact

살면서 많은 역할을 맡고 있지만,
제일 애정하는 역할은 '기니언니'입니다.
가장 힘들 때 만난 아픈 아이.
기니는 제게 위로와 행복과 기쁨을 준 소중한 반려동물입니다.
당신도 소중한 반려동물을 만나기를 바라며 적었습니다.

아픈 아이를

키우게 되었습니다.

1 나도 집사는 처음이라

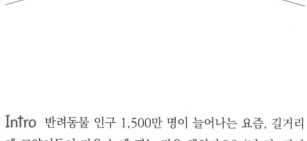

Intro 반려동물 인구 1,500만 명이 늘어나는 요즘, 길거리에 고양이들이 더욱 눈에 띄는 것은 왜일까요? 4년 전, 길거리에 쓰러져있던 고양이를 평생 책임지기로 다짐했습니다. 제 반려묘 기니를 기르면서 얻은 깨알 지식들을 브런치에 하나둘 연재하면서 많은 분들이 고양이에 대한 관심과 애정이 높다는 것을 느꼈습니다. 고양이를 키우고 싶다는 마음을 존중하면서도 고양이를 키운다는 것은 절대 쉽고 가벼운 일이 아니기에 제 글을 보시고 잠시 애정은 멈추고 이성적으로도 판단하시길 바랍니다. 아픈 아이를 키운다는 것은 심리적으로, 물리적으로 쉽지 않은 결정이었고 그 책임은 계속된다는 것을 온몸으로 경험했거든요. 그럼에도, 마음이 따뜻한 분들이 많고 함께 하는 분들이 계셔서 오늘도 용기를 내어 봅니다. 감사합니다.

나도 집사는 처음이라 제가 키우는 고양이(이름은 기니)는

꽤 오랫동안 병원 생활을 했습니다. 추운 겨울, 기니의 숨통은 겨우 붙어 있었고 그렇게 끝날 줄 모르는 병원 생활의 시작을 하게 되었습니다. 기니가 입원한 병원은 꽤나 큰 동물병원으로 알려져 있고 집사들 사이에서 좋은 평판을 갖고 있었습니다. 동물병원은 4층짜리 건물로 1층에는 진료실, 3층에는 강아지 전용 호텔, 4층에는 고양이 전용 호텔로 구분되어 있었습니다.

기니는 병원에 입원에서 치료를 받아야 했는데 *구내염과 허피스라는 질병이 다른 고양이들에게 옮기는 병이라 4층에는 둘 수 없었고, 1층 진료실 한 켠에 입원해 치료받는 생활을 했습니다. 제 마음을 불편하게 했던 지점은 기니가 머무는 공간이라는 게 정육점에서나 볼 법한 스테인리스 냉장고였습니다. 창이 없어 빛이 하나도 통하지 않는 그 좁은 공간에 기니와 사료통, 화장실 통이 있었습니다.

아팠던 그 시절

---

*) 구내염 : 고양이의 구강 또는 혓바닥이나 목구멍까지 염증과 궤양을 유발하는 병
허피스 : 일명 '고양이 감기' 바이러스로 호흡기 질환과 안구 질환을 유발

치료는 받아야겠기에 그곳에 두었지만, 치료를 받는 기간이 6개월이 지나도 낫기는커녕 오히려 상태가 악화되는 모습이었습니다. MRI, CT 등 다양한 검사를 시도하고 받았는데도 원인을 찾기란 어려웠습니다. 병원 원장님께서는 기니를 계속 데리고 있는 것이 부담이라고 말씀하셨습니다. 그냥 집에 데려가 키우고 통원 치료를 하는 게 좋겠다면서.

성장기 내내 강아지들을 키워서 동물을 키운다는 것이 낯설거나 어렵지는 않았지만 고양이는 처음이라(집사는 처음이라) 순간 고민을 했지만, 기니의 상태를 지켜보면서 키워야겠다는 생각이 들었습니다. 그리곤 집에 고양이 집과 화장실, 캣타워와 사료 그리고 이동장 등을 구입했습니다. 다음날 병원을 나올 땐 혼자가 아닌 기니와 함께였습니다. (기가 막힌 실행력!)

병원에 있을 때는 차도가 없던 병이 저와 함께 지내면서는 아주 느리지만 조금씩 나아졌습니다. 특히 눈에 띄는 것은 스트레스로 자기 털을 뽑는 습관이 사라진 것입니다. (역시 뭐니 뭐니 해도 사랑이 최고입니다.) 통원 치료를 택하길 잘했다는 생각이 들었습니다. 그 뒤로 기니에게 맞는 좋은 동물 병원 찾기 프로젝트는 계속되었습니다.

한동안은 여전히 구내염으로 고생했고, 지금도 길거리 생활로 깊이 자리한 허피스는 찬 바람이 불면 재발하기도 합니다. (특히 요즘같이 코로나로 집안 환기를 해야 할 때면 여전히 콧물을 흘리고 재채기를 해서 약을 먹여야 합니다.) 6-7번 실패 끝에 좋은 의사 선생님과 병원을 몇 군데 알게 되었고 이제는 누군가가 저에게 SOS를 해서 구조한 고양이들을 데려갑니다.

집사는 처음이라, 많이 모르고 서투른데도 5년 넘게 말없이 지켜봐 주고 믿어준 기니가 있어서 아주 조금은 발전한 집사가 되고 있습니다. 기니는 구내염과 허피스로 많이 힘들어하고 지난한 치료과정이 있었습니다. 그 과정 속에 힘들기도 했지만 고양이에 대해 많이 배우기도 했습니다. 그동안 적어두었던 일지를 조금씩 꺼내 올리려고 합니다.

2 고양이와 집사의 첫날밤

고양이에게 사람은 엄청 크고 무서운 존재로 느껴진다고 합니다. 경계심이 많고 고독한 생활을 해왔던 기니가 사람과(집사인 저와) 함께 생활한다는 것은 엄청난 스트레스였을 겁니다. 그래서인지 제 침대 밑에 들어가서는 좀처럼 나오지 않았습니다. 나중엔 걱정이 돼서 살아있나? 싶어서 침대 밑을 기웃거릴 정도로 10시간 동안 꼼짝도 않았습니다. (주인 닮아 독한 고양이에요...!)

독한 기니.. 저렇게 꼼짝 않고 10시간을 있었어요!

그러다 아침에 침대에서 뒤척이는데 기니 뒤통수가 침대 바깥으로 나오는 겁니다. 이때 심장 멎을 줄! 고양이와 살면 자주 심장이 멎을 수 있으니 심장이 약하신 분들은 평소에 칼슘이 풍부한 음식을 많이 드시고 운동도 충분히 하시기를.

뒤통수에서 느껴지는 사랑스러움 무엇!!!

경계심이 많은 고양이와 친해지기 위해서는, 일단 친한 척을 하지 않습니다. 기니가 제 집을 자유롭게 돌아다니면서 경계심을 풀 수 있도록 시간을 두고 기다립니다. 배고픈 타이밍이 친해지기 제일 좋은 타이밍인데요. 이때에도 식사만을 쿨하게 주고 모른 체합니다. 이렇게 일주일이 지나면 아주 조금 신뢰가 쌓이고 먼저 고양이가 집사에게 다가옵니다.

기니가 저에게 다가왔을 때 정말 심장이 멎을 만큼 기쁘고 설렜지만, 티 내지 않으려고 노력했습니다. 머리를 살살 쓰다듬어 주거나 털을 부드럽게 만져주고 엉덩이를 톡톡 쳐줍니다. 욕심내지 않고 조금씩 스킨십을 늘려갔습니다. (집사가 널 지켜줄게...!) 정말 귀여워서 제 마음이 미칠 지경에 다다를 때면 손을 입에 넣고 참았습니다...!)

심장 멎는 줄!! 하지만 너에게 내 마음을 티 내지 않을꼬양이!

    고양이들의 성격을 결정하는 요인은 크게는 3가지입니다. 유전적인 부분이 50~60%로 가장 크고, 어린 시절의 경험으로 사회화가 30~40%를, 어른이 된 후의 경험으로 사람과 쌓은 신뢰로 바뀌는 건 10%에 불과합니다. 경계심은 많지만 * 순한 성격을 가진 기니의 아빠 고양이, 엄마 고양이를 상상해 보았습니다. 또, 길거리 생활을 하기 전 기니가 만났던 경험들이 어떠했을지, 나쁜 기억들로만 남지 않기를 기도하면서 기니를 바라보았습니다.

1. 고양이를 가만히 볼 때, 조심스럽게 집사에게 다가와서
   몸을 비비거나 냄새를 맡는 행동을 해요.

2. 부드럽게 목덜미를 잡거나 등을 바닥에 눕혔을 때
   거부하지 않고 가만히 있어요.

3. 고양이를 조심스럽게 들었을 때
   경직되거나 발톱을 세우지 않고 몸을 편안하게 늘어뜨려요.

경계심은 많지만 순한 고양이랍니다.

3 내가 너를 믿어도 될까?

기니는 처음 만났을 때부터 사람에게 먼저 다가와서 음식이나 손길을 구걸하는 고양이가 아니었습니다. 경계하는 기색이 완연했고, 때로는 삶을 포기한 것처럼 고립되길 바라는 몸짓이었습니다. 병원에서 집으로 데려와 밥을 주었는데, 배가 많이 고팠을 텐데 녀석은 저를 믿지 못해 오랜 시간 배고픔을 참기도 했습니다. 그렇게 꼬박 하루가 지나서야 경계를 하면서 밥을 먹던 모습이 생생합니다.

처음 밥먹는 모습을 아주 조용히 몰래 촬영했던 그 날,
불안한 기니 눈빛이 느껴져서 숨조차 편하게 쉬기 어려웠어요.

먹는 내내 저의 움직임이나 기척에 흠칫 놀래 하고, 허겁지겁 밥을 먹었습니다. 길고양이로 살아왔던 기니의 삶을 감히 추측해 보건대 고달팠겠다는 생각과 살아남기 위해서 경계를 풀지 못했었구나 싶었습니다. *코숏이라 불리는 길고양이들은 친절한 사람보다는 해치려는 사람이 많다는 것을 알기 때문인지 사납게 굴거나 공격성 또는 경계하는 모습을 보입니다.

코숏은 이름에서 나오듯이 털 길이는 짧고(단모), 골격은 보통 4~5kg입니다. 오랜 기간 잡종 교배를 거쳐온 고양이 품종으로 생존을 위해 진화해서 영리하고 사냥 기술이 좋습니다. 또 성격과 기질이 다양하고 다양한 털색과 무늬를 가지고 있습니다. 잡종이라 성격과 기질을 예측하기는 어렵고 길에서 어린 시절부터 자란 고양이는 사회화가 되지 못해 경계심이 높을 수 있습니다.

같이 산 지 한 주, 한 달, 두 달이 되면서 아주 조금씩 거리가 좁혀졌습니다. '시간이 지나면 마음을 열겠지?' 하는 믿음으로 서두르지 않고 기다렸습니다. 제가 자신을 해치지 않을 것이라는 이해하기 시작하면서 조금씩 스스로 제 곁으로 다가왔고, 원래부터 같이 살았던 가족처럼 스며들었습니다. 여전히 예민하고 경계심 많은 소심한 고양이지만요.

훌로 보냈던 생일, 외롭지 않았던 건 너 덕분이야.

기니는 아는지 모르는지 제 생일날, 놀랍게도 이렇게 *무릎 냥이(원래 의미와는 조금 다릅니다만)가 되어주기도 하고 배 냥이(?)가 되어 저를 감동시켰습니다. 이렇게 사람을 좋아하는 고양이였다니! 사람에게 배신당하고 버려져도 먼저 다가가 마음을 다정히 열고 몸을 맞대는 고양이에게 사랑을 배웠습니다.

---

*) 무릎 냥이 : 사람 무릎에 앉기를 좋아하는 애교 많은 고양이를 의미

　기니를 키우면서 고양이가 가진 엄청난 능력을 발견해 공유합니다. 캣타워를 자유자재로 이용하고, 소파와 부모님과 제 침대를 왔다 갔다 하는 기니가 신기해 고양이가 뛸 수 있는 높이를 찾아보았는데요.

#1 고양이는 자기 키의 5배 이상의 높이를 가볍게 뛰어오른다고 합니다.

#2 울버린처럼 위기의 순간, 순식간에 발톱이 나옵니다.
기니는 동물 병원에 가려고 이동장에 넣을 때 울버린이 되곤 합니다.

#3 발바닥에는 볼록한 패드(젤리, 분홍색 빛은 딸기 젤리, 검은색 발바닥은 포도젤리)가 있어서 걸어도 소리가 잘 나지 않습니다.

지금은 기니가 저를 많이 신뢰해서인지 같이 잠도 자고 *꾹꾹이와 그르렁을 해줍니다. 그러면 저는 기니에게 *궁디팡팡으로 보답합니다. 때로는 서로 *눈키스를 나누기도 하고요. 기니가 편안한 삶을 살기를, 생의 마지막 순간까지 함께해 주겠노라 오늘도 약속해 봅니다.

---

*) 꾹꾹이 : 특정 물건을 꾹꾹 누르며 핥는 행동으로 새끼 때 어미젖을 빨았던 행동이 남은 것.

2. 그르렁 (또는 골골) : 보통 기준이 좋을 때 내는 소리로 고양이의 목 울림소리

3. 궁디팡팡 : 고양이 엉덩이를 톡톡 두드리는 애정표현의 행동

4. 눈키스 : 고양이와의 눈키스는 두 눈을 천천히, 지그시 감았다 뜨는 행동으로 "난 너를 사랑해, 너를 해치지 않아"라는 마음의 표현. 고양이는 보통 눈을 빤히 쳐다보면 위협을 느낀다.

같이 잠을 자 는 사이

4 나를 데려오기 전에 준비해 주세요

기니를 만나기 전의 제 소비습관을 보면 대부분 '나를 위한 소비'가 많았습니다. 기니를 집으로 데려와야겠다고 다짐한 날부터는 제 소비패턴의 대부분이 '기니를 위한 소비'로 바뀌었습니다. 한 생명체를 키운다는 것은, 책임의식은 물론이고 한 사람의 생각과 소비패턴까지 바꾸는 놀라운 일인 것 같습니다.

고양이를 기르기 전에 준비할 사항은 크게 4가지라고 생각합니다. 책임의식, 비용에 대한 인식, 함께하는 시간 그리고 고양이 용품을 준비하는 것입니다. 책임의식과 비용에 대한 인식이 제일 중요하다고 생각합니다. 고양이 용품을 준비하는 것은 How to에 해당하는 부분이니까요.

책임의식

고양이를 기른다는 것은 한 생명체에 대한 책임을 질 수 있는가에 대해서 스스로 깊은 고민이 필요합니다. (사실 저는 성격상 깊은 고민을 하지 않았습니다만...) 당장은 예쁘고 사랑스러운 고양이와 함께한다는 사실만으로도 모든 어려움을 극복할 수 있다는 생각이 들지만, 여러 가지 안 좋은 상황에 대해 알아두고 대응하는 것이 좋다는 것을 주변에서 여러 번 목격하고 느꼈습니다.

기니를 데려오기 전, 친한 동생네서 집사 수업을 받았습니다.

가족들의 반대나 고양이 알레르기가 있을 수 있고, 또 자신의 커리어 상 유학이나 이민을 가는 경우도 있을 수 있습니다. 저는 처음 가족들의 반대로 독립까지 감행했었습니다.(대단한 또라이죠?) 제 친구는 기르려고 했으나 *고양이 알레르기가 있다는 것을 뒤늦게 알고 포기했습니다. 또, 친한 동생은 전 남자 친구(지금은 아닌)의 친한 형의 여자 친구가 유학을 가게 되면서 키우지 못하게 된 고양이를 맡게 되었습니다.

고양이 알레르기를 가지고 있지만 꼭 키우시고 싶다면, ' 집

안 청소를 자주 하고 실내 공기 청정기를 매일 돌립니다. [2] 고양이 알레르기에 대해 병원에 가서 상담을 받고 약을 처방받습니다. [3] 고양이 털을 매일 빗어주고 고양이가 머무는 공간의 이불이나 담요를 자주 세탁해 햇볕에 말립니다. [4] 시베리안이나 러시안블루 같은 알레르기를 덜 일으키는 품종을 키우는 것도 방법입니다. 혹은, 수컷보다는 암컷 고양이를, 밝은색의 털을 가진 고양이를 키우는 것이 알레르기를 덜 일으킨다고 알려져 있습니다.

비용에 대한 인식

고양이를 기르는 데는 비용이 듭니다. 건강한 고양이를 기른다면 초기에 고양이 용품 구입비에 비용이 10~30만 원(가격대와 취향에 따라 달라지겠죠?)이 들고, 유지비로 건사료와 화장실에 쓰는 모랫값, 샴푸와 치약 등이 있습니다. 예방 차원이나 정기검진을 통한 의료비가 들 수 있습니다.

기니의 경우는, 아픈 고양이였기에 습식사료를 먹이고 벤토나이트 모래보다는 비싸지만 침엽수 펠렛 모래를 사용해야 합니다. 대략 월 비용은 10만 원 정도 듭니다. 여기에 의료비는 구내염과 허피스로 인한 수술과 치료, 분기별로 정기검진, 1

---

*) 고양이 알레르기 : 고양이 알레르기는 고양이가 털을 핥는 행동(그루밍)으로 털에 침을 묻히는데 '침이 묻은 털'이 알레르기의 주요 원인이라고 합니다. 또, 고양이 피부를 덮는 기름기 있는 분비물도 원인입니다. 사람들의 10%가 고양이 알레르기를 갖고 있는데 보통 고양이를 만지고 나서 눈물, 콧물을 쏟거나 기침과 재채기를 하거나 가려움을 느낍니다.

년에 받는 건강검진 등을 받아야 했기에 비용은 구체적으로
적을 수는 없지만 꽤나 듭니다.

비용에 대한 인식을 알고 시작하는 것과 모르고 시작
하는 것은 큰 차이가 있습니다. 감당할 수 있는 상황이
나 의지가 있는 상태에서 고양이를 기르시는 것을 추
천드립니다.

함께하는 시간
매일 고양이를 위해 30분 이상의 시간을 써야 합니
다. 밥과 신선한 물을 주는 것, 화장실 모래 청소를 하
는 것, 식기를 설거지하는 등의 기본적인 집사의 활동
외에 고양이님과 놀아드리고 털을 손질하고 눈곱을 닦
아주고 양치질을 해주는 활동이 필요합니다. 그뿐만 아니라
사랑한다고 말해주고 애정 어린 궁둥이 팡팡과 쓰다듬어주는
시간은 필수적으로 해야 합니다.

집사와 놀 때가 가장 행복한 고양이들

매주 화장실 청소와 모래 갈아주기, 1~2달에 한 번은 목욕을, 발톱이 날카롭다고 느껴지면 발톱을 깎아줍니다. 건강관리는 건강한 고양이 기준으로 어린 시절에 첫 진료와 예방 접종을 받고 6개월 이전에 중성화를 고려해서 수술을 받습니다. 또 1년에 건강검진이나 예방접종으로 건강을 관리해 주는 시간이 필요합니다.

> *애묘인의 필수 시간과 필수 아이템 : 털털털
> 애묘인의 필수품은 롤 테이프, 클리너 테이프입니다. 고양이를 키울 때 가장 힘든 점은 털인데, 침대보나 옷에 묻어서 털을 떼야 하는 시간도 만만치 않습니다. (털 떼다가 시간이 다 가요.)

고양이 용품 준비하기

#이동장(=이동가방)

기니는 병원을 자주 왔다 갔다 해야 해서 이동장을 제일 먼저 구입했습니다. 고양이를 안전하게 데리고 다니기 위한 이동장으로 크고 환기가 잘 되는 가방으로 구입했습니다. 이동장에 고양이가 평소에 좋아하는 담요를 넣어줌으로써 낯설지 않도록 합니다. (기니는 병원을 무척이나 가기 싫어해서 이 방법을 썼습니다.)

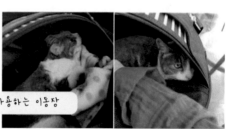

병원 갈 때 사용하는 이동장

#사료

고양이의 주식 사료와 간식 등을 준비해둡니다. 건사료, 캔 사료, 습식사료, 간식 등 구비해두고 먹입니다.

← 좋아하는 음식들에 신난 기니

#화장실 용품

화장실 용품으로는 고양이 화장실과 모래, 모래 삽, 발판 등이 있습니다. 화장실은 지붕이 있거나 없는 형태로 나뉩니다. 보통 고양이들은 소변은 하루에 2회, 대변은 하루에 1회 정도 봅니다. 화장실은 크기가 넉넉한 것(고양이 몸의 1.5배 크기)을 선택하는 것이 좋고 고양이 수에 1개를 더해 화장실을 두는 것이 좋습니다.

기니가 사용하는 화장실

#고양이 집

휴식을 위한 공간으로 포근하고 아늑한 느낌을 줄 수 있는 고양이 집이 필요합니다. 모양과 색상 등 종류가 다양해 집사의 취향에 맞게 선택하면 됩니다. 저는 기니가 그레이 컬러를 가진 고양이라 그레이 색상을 가진 숨숨집을 샀습니다. 겨울에는 따뜻한 느낌을 주는 고양이 방석을 구입했습니다.

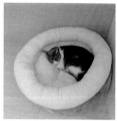

#스크래쳐

고양이들은 발톱으로 긁는 습관이 있어서 긁을 거리를 주변에 마련해 줍니다. 기니는 스크래쳐를 굉장히 좋아해서 스크래쳐 위에서 거의 대부분의 시간을 보냅니다.

기니가 애정하는 스크래쳐

#식기

물그릇과 사료그릇은 보통 세라믹이나 스테인리스가 있습니다. 저는 설거지를 못할 때를 대비해서 3세트 정도 가지고 있습니다. 그릇은 깊지 않고 고양이수염이 닿지 않는 정도의 높이와 모양으로 고릅니다.

#장난감

기니는 장난감을 좋아하지 않아서... 대부분의 장난감은 주변 지인들에게 선물로 줬습니다. 고양이 장난감으로는 깃털 낚싯대나 캣 댄서, 플레이 서킷, 레이저 장난감 등이 있습니다. 그 어떤 것에도 반응을 보이지 않아 하는 기니 덕분에 장난감 플렉스만 했습니다. 하하하.

캣타워를 구입했는데 캣타워에서 노는 것을 좋아하는 것만으로 그저 감사하게 생각하고 있습니다. (그거 내가 조립하느라 얼마나 힘들었는지 아시냐구요!! 내 피, 땀, 눈물...)

고마워...캣타워는 이용해줘서.

장모를 가진 고양이의 경우는 슬리커라고 촘촘하고 단단한 빗이 필요합니다. 엉키고 뭉친 털을 풀어주는데 좋습니다. 단모 고양이는 쉐드브러시(단모용 브러시)로 느슨하거나 빠진 털을 제거해 줍니다. 발톱깎이 또는 네일 클리퍼로 날카로워진 발톱을 잘라줍니다.

샴푸는 털을 부드럽고 윤기 있게 만들어주는데, 동물 병원에서 판매하는 고양이 샴푸를 쓰고 장모 고양이는 컨디셔너도 써주면 좋아합니다. 간혹 집사 샴푸를 써도 되느냐는 질문을 받는데 피부 pH가 달라 사용하지 말라고 합니다. 목욕을 너무 싫어하는 기니는, 보통 건강검진을 받을 때 병원에서 목욕 서비스를 받습니다.

치아 건강을 위해 고양이 양치질은 꼭 필요합니다. 칫솔은 작고 부드러운 솔을 선택해서 사용합니다. 치약은 반드시 고양이용 치약을 써야 합니다. 고양이들은 치약을 먹기 때문입니다. 칫솔을 너무 싫어하는 고양이라면, 거즈나 헝겊, 면봉으로 닦아줍니다.

"내 새로운 스크래쳐가 온 것이냐?
어서 뜯어보지 않고 뭐하냐옹!!"

저는 이만 기니님의 새로운 스크래쳐를
오픈하러 가보겠습니다. 냥냥

샤샤&미미 언니 X 샤샤, 미미

샤샤&미미와의 아름다운 추억을 생각하며 글을 썼어요^^
너무나 보고 싶고 그리워요. 현재는 3마리 냥이의 집사랍니다.

Writer

샤샤와 미미의

행복한 이야기

1 화이트 슈나우저, 샤샤

#샤샤가 우리 집에 오던 날

우리 가족은 아빠, 엄마, 아빠 그리고 나까지 네 식구이다. 강아지를 너무 데리고 오고 싶어 찾아보던 중 인터넷 검색을 통해 '남양주지회 협회'라는 곳을 알게 되었고 그곳의 지회장님께 연락을 드려서 강아지를 데려오게 되었다.

화이트 슈나우저 한 마리가 있지만, 도그쇼를 나가야 하기 때문에 분양이 불가능하다고 하셨었다. 그러나 내가 몇 번이고 연락을 드리니 그제야 데려가라 하셔 우리 가족은 모두 강아지를 데리러 갈 수 있었다. 그곳에 가보니 너무나 착해 보이는 한 강아지가 갈색 소파에 의젓하게 앉아있는 모습이 아주 마음에 들었고, 지회장님과 이야기를 나눈 후, 사료 2봉지와 함께 우린 나섰다. 그 아이의 이름은 샤샤, 샤샤는 집으로 가는 길 차에서도 멀미 한 번을 안 하고 얌전한 모습으로 착하게 있었다.

샤샤는 큰 말썽 하나 피우지 않고, 잘 먹고 잘 뛰놀며 우리 가족과 즐거운 시간을 보냈다. 외출, 특히나 여행과 드라이브를 너무나 좋아해서 산책 가방을 준비할 때엔 마치 돌고래처럼 점프를 하고 우렁차게 짖으면서 빨리 나가자고 보채는 그런 아이였다.

#샤샤의 갑작스런 발작

샤샤는 큰 질병 없이 건강하게 지냈다. 그러던 어느 날 새벽, 잠에서 깬 샤샤에게 침을 흘리고 몸을 버둥대는 발작 증세가 나타났다. 그 당시 부모님은 외출하신 상태였기에, 집에는 나와 언니뿐이었다. 너무나 놀란 언니는 샤샤를 데리고 응급실로 향했고, 나는 미미와 함께 집에 남았다. 응급실에 다녀온 언니는 샤샤의 증상이 간질 발작 증세였다고 말했고, 그 순간 나는 눈물이 났다. 수의사 선생님께선 앞으로도 발작 증세가 계속될 수 있고, 더욱 악화될 수도 있다며 이야기하셨다. 그 이후로도 계속 발작 증세가 나타나서 동물 병원에서 마약성 수면제(발작을 멈출 수 있는 약)까지 처방받아 복용했지만, 약이 너무 독했던 탓에 우린 복용을 멈추고 조금 더 샤샤를 케어하며 지켜보기로 했다.

#샤샤의 자궁축농증 수술

노견이 된 샤샤는 어느 날 갑자기 잘 먹던 사료와 간식에 입을 대지 않았고, 우리는 샤샤를 데리고 동물 병원으로 향했다. 샤샤에게는 자궁축농증이라는 진단이 내려졌다. 자궁축농증

이란 암컷 노령견에게 많이 나타나는 질병으로 자궁에 세균이 감염되어 염증을 일으키고 고름이 쌓이게 된다. 그렇게 우리는 수술을 잘 하는 동물 병원을 소개받게 되었고, 샤샤는 그곳에서 검사와 수술을 하게 되었다. 샤샤는 나이가 많은 노령견이었기에 우리 가족은 많은 걱정을 했지만 다행히 수술은 성공적이었고, 샤샤는 금방 회복을 했다.

2 미미의 탄생

홀로인 샤샤가 심심하고 외로워 보여, 샤샤의 남자친구를 만들어 주기 위해 샤샤를 처음 데려왔던 남양주 협회에 갔다. 2번의 시도 끝에 결실을 맺을 수 있었다. 샤샤의 남편은 용달이라는 아이였는데, 정말 잘생기고 멋진 슈나우져였다.

우리는 샤샤의 건강을 위해 평소보다 더 맛있는 사료와 간식을 줬다. 북어죽과 각종 영양간식과 같은 보양식들에 임신했

을 때 도움이 되는 철분제와 엽산까지.

샤샤의 배가 불러오는 것을 보고 출산이 임박함을 느끼게 되어서, 초음파를 보기 위해 동물 병원에 갔고, 초음파상으로는 4마리의 새끼가 발견되었다.

샤샤는 출산을 하기 며칠 전부터 화장실을 자주 갔다. 샤샤는 총 8마리의 새끼들을 출산했는데, 아빠를 제외한 가족이 모두 외출을 했을 때 2마리의 새끼를 낳았다. 외출 후 집에 가니 샤샤와 2마리의 새하얗고 예쁜 강아지들이 있었다. 우리는 샤샤를 따뜻하고 부드러운 담요로 감싸 산실로 조심히 옮겨주었다.

조금의 시간이 흘러 오후 9시가 되어서도 샤샤의 배는 빵빵한데, 강아지가 더 이상 나오지 않아 우리는 모두 걱정이 되었다. 그래서 조금만 더 기다려보고 그 이후에도 새끼 강아지가 나오지 않으면 동물 병원에 가기로 했다. 그리고 30분 정도 지나 새끼 강아지가 1마리가 나왔지만 샤샤가 아무리 핥아주어도 숨을 쉬기는커녕 아무런 반응조차 보이지 않았다. 결국 그 강아지는 무지개다리를 건넜고, 아빠가 그 강아지를 다른 곳으로 옮기자 샤샤가 제 새끼를 찾는 모습이 가슴아팠다.

다행히도 그 이후로 나머지 새끼 강아지들이 탄생했고, 총 8마리의 새끼들은 건강했다. 이렇게나 많은 강아지들을 자연

분만한 샤샤가 대견해 칭찬을 해주었다. 새끼들은 강아지 분유를 사 직접 먹이며 키웠는데, 그중 한 마리의 강아지가 우유를 잘 먹지를 못해 결국 세상을 떠났다.

최종으로 6마리의 새끼 강아지가 건강히 살아남았고, 그중 가장 예쁜 강아지에게 미미라는 이름을 지어주었다. 미미를 제외한 5마리의 새끼들은 모두 분양을 보내게 되었고, 미미는 가족회의를 통해 우리 가족이 키우게 되었다.

6마리의 강아지들에게 〈바둑이 방울〉이라는 곡을 디지털 피아노로 연주해 줄 때면 2마리는 늘 노래를 하는 모습을 보였는데 그중 미미가 가장 예쁘게 노래를 불렀다.

생후 3개월이 된 미미와 엄마 샤샤

3 미미와의 이별

샤샤와 미미는 둘이 의지해가며 행복하게 살아가고 있었다. 샤샤와 미미에게는 아빠와 늘 가던 낚시터 위의 산책코스가 있었다. 여느 때와 마찬가지 아빠께서 샤샤와 미미를 낚시터 산책코스에 데리고 가셨다. 산책을 다녀와서 샤샤와 미미를 깨끗이 씻겨주었고 그다음 날이 되니, 미미가 구토를 심하게 하는 모습이 보였다. 미미를 데리고 병원에 가 구토억제제 주사를 맞은 후에 집으로 돌아왔다. 병원에 다녀온 후 미미는 편히 쉬는 것 같이 느껴졌지만, 설사와 혈변까지 싸며 괴로워해서 다른 동물 병원에 가니 수의사 선생님께선 어디에 가서 무엇을 잘못 먹지는 않았냐고 물어보셨다.

아빠와 한 산책이었기에 병원에 데려간 엄마께서는 상황을 알 수가 없었다. 수의사 선생님은 미미의 상태가 매우 심각하니 큰 종합병원으로 가라고 하셨고 미미는 축 늘어진 모습으로 내 품에 안겨 큰 종합병원으로 향했다.

검사를 하니 산책 중에 유박(유기농 비료)를 핥은 것 같다고 했다. 현재 모든 장기에 독이 퍼져서 죽음의 직전 단계라고. 유박 비료는 혀로 핥기만 해도 독이 퍼진다고 하셨다. 그 당시의 나는 마음이 찢어질 듯이 너무 아프고 정말 슬펐다.

가족들과 상의 끝에 미미를 하늘나라로 보내주기로 했고, 눈물이 주체할 수 없을 많을 주르르 나와 차마 가는 모습을 보지 못했다. 샤샤와 함께 미미를 보내주기 위해 선산에 갔고, 그렇게 미미는 우리 곁을 떠났다.

미미야, 편안히 가렴. 하늘나라에서는 아프지 말고 건강하게 살자!

4 샤샤와의 슬픈 이별

미미가 떠난 후 샤샤는 간질 발작 증세로 힘들어해도 잘 먹고, 산책도 잘하며 행복하게 지냈다. 내가 35세가 되던 해에 나는 결혼을 하게 되었고 그 이후로 샤샤의 간질발작 증상은 더 심해졌다.

10월 24일, 샤샤는 그날따라 발작 증세가 심해져서 축 늘어져 먹는 것을 모두 거부했다는 엄마의 전화가 들려왔고, 10월 25일, 부모님께서 너무 힘들어하는 샤샤를 깨끗하게 씻겨 하늘나라로 보내주기로 결정하셨다는 연락을 받았다. 나는 이 사실을 슈나우저 다음 카페(추모의 방) 게시판에 언니가 올린 글을 보고 알게 되었는데, 그 당시 나는 남편과 신나게 소고기를 먹으러 가는 길이었다. 그 사실을 알게 되자 눈물이 울컥 나오고 지금 생각해 보니 샤샤는 하늘나라로 떠났는데 나는 그 당시에 신나게 맛있는 거 먹으러 갔다고 생각을 해보니 너무나 마음이 아팠다.

5 나의 꿈 이야기

#샤샤와 미미의 환생 (1)

　미미는 유박 비료를 먹고 중독사 했는데 미미는 샤샤를 기다리느라 환생을 안 하고 기다렸다. 샤샤는 미미와 하늘나라에서 만나서 바로 환생을 했고, 미미는 어렸을 때부터 노래하는 것을 너무 좋아해서 솔리스트 독주회(소프라노)를 준비한다며 내게 인사를 건넸다.

　샤샤는 간질 발작으로 아팠던 탓에 산책과 운동을 하지 못했던 기억이 컸는지, 달리는 게 행복하다며 마라톤 선수가 되어서 내게 인사를 했다. 미미의 새로운 이름은 미인이고, 샤샤의 새로운 이름은 샤인이라며.

　"저희는 건강하고 예쁘게 살고 있으니 너무 슬퍼하지 마시고 저희를 찾지 마세요."라는 메시지를 전했고, 그 순간 나는 꿈에서 깨어났어요

#샤샤와 미미의 환생 (2)

샤샤와 미미는 동물이나 사람을 마음으로 상담해 주는 힐링 상담소를 열어서 수많은 사람이나 동물들의 어려운 점과 걱정거리를 상담해 주고 있었다. 수많은 사람들이나 여러 동물들에게 인정과 존경을 받으면서 말이다.

너무나 우리 가족이 보고 싶어서 마음이 많이 힘들 땐 서로의 손을 꼭 잡고 엉엉 울었다고 꿈에 나타나 말을 해줘서 나 또한 눈시울이 붉어지고, 눈물이 주르륵 나왔다.

지금까지 추억을 떠올리면서 울컥할 때도 많고, 보고 싶은 마음이 강하게 나타날 때도 있다. 나의 꿈은 마음 힐링 상담소를 운영하며 상담소장이 되는 것이 꿈인데, 나보다 샤샤와 미미가 먼저 그 일을 한다는 사실이 너무 뿌듯하고 행복했다. 지금의 나는 샤샤와 미미를 떠나보낸 후 울산으로 시집을 와 3냥이의 집사로 행복하게 살고 있다.

-

제 글을 읽으시는 분들 모두 행복하시고, 건강하시기를 두 손 모아 간절히 기도합니다^^

Writer

송예나 X 호두   hodoo0997@naver.com

호두가 무지개다리를 건넌 지 벌써 1년.
호두 덕분에 2번째 책을 쓰게 되었습니다.
간호사 생활 20년 만에 현재는 백수 라이프를 즐기고 있습니다.
흔히 말하는 번아웃 아니 사춘기라는 말이 더 어울릴듯합니다.
지난 2022년은 누군가가 툭 건드리기만 해도 저절로 수도꼭지가
되었던 한 해였지만, 호두와 나의 지난 이야기를 쓰면서
또 한 번 행복했습니다. 견디기 힘들었던 2022년도의 나를
지탱하게 해 준 건 이 책을 마무리해야 한다는 생각이었습니다.
이렇게 좋은 책을 쓸 수 있는 기회를 주셔서
감사하고 행복했습니다.

벌써 1년

1 사랑하는 너를 보내다

2021년 12월 유난히 따뜻했던 겨울의 어느 날, 우리는 호두와 마지막 인사를 했다. 우리 집 막내로 영원히 함께 할 줄 알았던 호두는 간부전에 의한 합병증으로 13년이라는 짧은 생을 살고 무지개다리를 건넜다.

호두의 부재 이후 우리 가족의 생활은 변했다. 호두의 병수발과 고통스러운 마지막을 지켜본 엄마는 크게 몸살이 났고, 엄마 나름대로의 방식으로 슬픔을 삼키려 노력했다. 슬픔과 애도의 과정보단 슬픈 표현을 하지 않았고, 호두의 흔적을 없애고 속으로 억누르며 호두에 관한 얘기를 꺼내는 것을 싫어하셨다. 호두를 생각하면 마지막이 생각이 나서 힘이 든다고 하시면서.

호두의 소식을 듣고 집에 도착했을 때, 호두의 흔적을 발견하면 내가 너무 힘들어할까 봐 호두의 물건을 하나도 남기지 않고 다 치워버린 우리 엄마. 딸을 위한 배려심이었지만 난 그런 엄마에게 섭섭함을 느꼈다.

하지만 이젠 괜찮다. 매일 밤 울면서 썼던 〈너와 함께 만드는 동화〉에 호두와 나의 이야기가 있으니, 난 그것만으로도 괜찮다. 그리고 호두를 보낸 지 일 년이 지난 지금, 또 두 번째 동화를 쓰고 있다.

나는 호두를 화장해서 평소에 자주 다니던 산책로 나무 옆에 뿌려주고 싶었다. 하지만 엄마는 불이 싫다고 매장하기를 원하셨다. 물론 부모님 소유의 땅이며 전기 펜스까지 쳐져 있는 안전한 곳이다.

합천에 위치한 그곳은 어떤 자연 프로그램에서 촬영해 간 적도 있을 만큼 멋진 곳이다. 그리고 호두가 잠들어 있는 곳이기도 하다. 호두가 아픈 날이 많아지면서 엄마가 미리 봐 두었다고 하셨다. 엄마가 자주 갈 수 있고, 햇볕이 잘 드는 곳. 호두를 묻기 위해 땅을 파는데, 한 겨울임에도 불구하고 얼지 않고 매우 비옥했으며, 땅이 잘 파졌다고 후일담을 들었다.

호두의 무덤 주위에 잔디가 파릇파릇 자라도록 잔디를 심어줬는데 올해는 비가 많이 안 와서 잔디가 예쁘게 올라오지 않는다며 엄마는 속상해하시며, "호두야, 엄마 왔다."라는 인사로 하루를 시작한다고 하셨다.

잔디가 자랄 때까지 집에서 키우는 이름 모를 빨간 꽃(겨울에도 붉은색을 띠는 신기한 꽃이었다)을 심어 놓으셨다. 참 따뜻한 풍경이다. 우리 호두는 여전히 엄마의 사랑을 받고 있었다.

2 너의 흔적이 자꾸 보인다

호두가 가고, 한 달 만에 처음으로 친정에 가게 됐다. 집에 가까워올수록 호두와 함께 했던 산책로, 호두가 좋아하던 나무들이 새록새록 기억이 났다. 눈물이 나서 훌쩍대는데, 저쪽에서 평소 알고 지내던 똘이가 산책을 나와 있었다. 똘이는 유기견 출신의 15살 시추이며, 전파사 아저씨의 단짝이다. 그날 역시 아저씨께 인사를 하고, 호두는 무지개다리를 건넜고 잘 보내주고 왔다. "똘이는 건강하게 오래 살자"라는 말과 함께 녀석의 머리를 쓰다듬고 다음을 기약했다.

호두와 함께한 추억이 너무 선명해서 어디에 가도 호두의 모습이 보였고, 어떤 날은 나가는 것조차 무서워졌다.

벚꽃이 만발하는 4월. 사람들은 진해에서 활짝 핀 벚꽃을 감상할 때 나는 무서운 우울증에 걸렸다.

2009년도 호두를 처음 만나고 타지에서 외롭게 지내던 나에게 호두는 가족이었고, 친구였으며, 때로는 아버지와 같은 존재였다. 호두를 만난 이후 나의 모든 운이 좋아졌으니, 호두는 나에게 수호신 같은 존재라고 생각했다.

수호신이 없어진 나의 지난 1년을 이야기하고 싶다. 한 10년 치 마음고생을 다 했다고 하면 요약이 될까? 우울증으로 인해 외로움과 헛헛함을 구분하지 못하여, 앉은 자리에서 아이스크림을 10개씩 먹어야 했고, 또 가슴이 조여 오면 달콤한 것을 먹어야 잠시라도 그 기억이 잊히고는 했다.

그렇게 몇 달을 나 자신을 포기하고 살다 보니, 진정으로 날 걱정해 주는 사람은 없다는 것을 알게 되었다. 안부를 묻는 척하면서, 살쪘다고 놀리는 사람도 있고(정말 이런 저질적인 놀림은 안 했으면 한다. 상대방에게 변화가 느껴진다면 진심으로 걱정하면서 다가가자.) 내가 9년 동안 해왔던 나의 일을 하루아침에 뺏어간 사람도 있었다.

우울증과 공황장애가 함께 왔다. 약을 꼭 먹어야 하는 상황이 되어버렸다. 그런 와중에 인터넷 동호회에서 우연히 반려동물에 대한 책을 쓰는 모임에 가입하여 2번째 프로젝트에 참여하게 되었다. 그 책이 "너와 함께 만드는 동화"이다. 작가 모집 당시 나는 무조건 참여해야만 했다. 그만큼 나에게 이 프로젝트는 간절한 일이었다. 이 일을 하지 못했더라면 나의 우울증은 더 심각해졌을 것이다.

비루한 글 솜씨지만, 호두에게 할 말이 너무 많았다. 못다 한 얘기도 하고 싶고, 너무 보고 싶다고 얘기해야 내 마음의 응어리가 풀릴 것 같았다. 글쓰기에 집중하면서 조금씩 차분해 짐을 느꼈다. 내가 쓰고 있는 이 책을 호두가 받아볼 것 같은 기분. 그래서 쓰고 또 읽어보고 또 읽어보고 또 고치고.

호두에 대한 그리움이 극한에 다 달했을 때 즈음 우리가 만든 책이 출판되었다. "너와 함께 만드는 동화"라는 제목으로 말이다. 호두와 나의 이야기는 보기 좋게 중간 즈음에 있었다. 책을 처음 받아본 날 그날의 기쁨과 흥분이 아직도 생생하다.

나는 지인들에게 선물하기 위해 책을 여러 권 구입했다. 나처럼 무지개다리를 보낸 경험이 있는 친구들에게, 그리고 현재 노견과 함께 생활하는 친구들에게도 선물을 했다.
두 번째 책이 나올 때 즈음이면, 아마도 호두가 무지개다리를 건넌지 1주년쯤 되지 않을까 싶다.

벌써 1년이다. 엄마의 완벽한 정리 때문에 호두의 유품 하나 없던 나는 양모 펠트로 호두의 실물과 거의 비슷한 인형을 제작해서 옷장 안에 몰래 넣어놓고 혼자 보았고, 호두의 사진으로 쿠션을 만들어서 그게 호두 인양 끌어안고 울기도 했다. 너무 그리워서. 호두를 대신할 수는 없지만, 보는 것만으로도 나에게는 큰 위로가 되었다. 이것이 나 홀로 할 수밖에 없었던 외로운 애도의 시간이었다.

얼마 전, 오은영 박사님이 Pet loss syndrome에 대해서 이야기를 하셨는데, 너무나 마음에 와닿았다. 나에게는 가족을 잃은 것과 같은 아픔이지만, 사회적인 관점에서는, 그 아픔을 사람과 똑같이 보지 않는다. 다른 사람들 눈에는 그저 키우던 개 한 마리 죽은 걸로 유난 떠는 사람으로 밖에 보이질 않는다는 것이다.

가족을 잃은 우리는 애도할 시간도, 공간도 부족하다. 가족을 잃은 우린 이렇게 슬픈데. 일 년이 지나도 그대로인데 말이다.

나에게는 마흔에 얻은 귀한 아들도 있고, 남편도 있지만 호두의 빈자리는 그들과는 달랐다. 남편은 가끔씩 나에게 이런 말을 했다. "아들을 낳고 보니 호두는 뒷전이지?" 전혀 아니었는데 말이다. 출산 후에도 호두에게 끊임없는 관심을 가졌고, 어린아이 때문에 같이 놀아주지 못함을 항상 미안해하던 나였다. 눈치 없는 남편은 종종 비슷한 말을 내뱉곤 했지만, 그냥 무시하기로 했다.

호두는 내가 쉬고 싶을 때 언제나 자기의 곁을 내주었다. 고민을 해결해 주진 않았지만, 호두의 옆자리에 누워 내가 좋아하던 호두의 냄새를 맡고 있으면, 스르륵 잠이 오곤 했다.
흔히들 얘기하는 강아지 꼬순내. 참 친숙하면서도 다정한 냄새였다. 그렇게 내게 호두는 휴식 같은 친구였다.

3 이상한 고객님?

내가 잠시 근무했던 병원에서의 episode를 이야기하려고 한다. 그곳은 부산 끝자락 신도시에 있는 의원이었는데, 어느 날 초등학생 정도로 보이는 보호자와 푸들 한 마리가 병원 복도 의자에 앉아있었다. 병원은 철저한 동물 출입 금지 구역이지만, 함께 일하는 이들이 강아지를 좋아했고, 복도 쪽이라서 귀엽게 한번 눈감아주자 하는 마음으로, 지나가면서 눈웃음치곤 했다.

마침 내 주머니에 있던 작은 과자를 보고 킁킁거려서, 4분의 1조각으로 작게 아주 작게 잘라서 주었다. 잘 먹었지만 우리 집 강아지가 아니니깐 한 조각에서 끝. 한 10분 정도 지났을까? 50대 여성 고객님이 화난 걸음으로 오더니, "우리 애한테 누가 사람 먹는 과자를 먹였어! 무슨 일이 생기면 책임질 거야? 개념이 없어."이러는 거다. 그 고객님 말이 틀린 건 아니다. 반려견을 키우는 사람이라면 당연한 에티켓을 잠시 잊고 있었다.

나는 호두가 생각이 나서 아주 조금 주었는데, 모르는 사람이 주는 간식은 반갑지 않은 것이라고 생각을 못 한 것이다. 나 역시 그랬던 적이 있었다. "우리 애는 그런 거 안 먹어요."라는 말을 자주 했던 나였다.

　연거푸 죄송하다고 사과하는 나에게 조금은 심한 언성과 피해는 있었지만, 돌이켜 보면 나 역시 괜찮은 반려인은 아니었던 것 같아서 내 스스로 반성을 해보기로 했다.

　그 고객님께서 3층 4층 오르락내리락하면서 '우리 아이'를 너무 외쳐서, 다른 부서에 와전된 얘기로 나는 개가 아닌 어린아이에게 무슨 독이 든 과자를 준 간호사가 되어버린, 해프닝도 있었다.

　물론 나는 고객님께 죄송하다는 말과 함께, 과자 때문에 이상이 생기면 그에 대한 책임은 전부 내가 지겠다고 약속했다. 그런 내 뒤통수에 대고, 고소를 하겠다고 하는데. 아무 증상도 없는 강아지 때문에 내가 고소를?? 역지사지라는 말이 달리 있는 것이 아니었다. 다음에는 매너 있는 반려인이 되도록 노력할 것이다.

4 내가 달라졌어요

이런저런 사건 이후, 나에게 정이라는 것이 없어진 듯했다. 지나가는 강아지만 봐도 손을 흔들던 나였고, 출근길에 유기견을 보면 차에 치일까 지각하더라도 안전한 곳으로 유인해서 신고하고 출근하던 나였다. 그런 내가 앞만 보고 걷고 있었다. 아무것도 쳐다보기 싫어졌다.

호두를 너무 사랑해서, 호두의 부재가 내 마음을 닫게 했을까? 호두가 정을 떼라고 이상한 고객님도 병원으로 보낸 걸까? 나도 알 수 없는 감정이었다.

12월의 어느 날, 이런저런 볼일이 있어서 호두와 함께 살던 아파트 근처로 갈 일이 있었다. 호두 생각에 울면서 그 길을 지나가곤 했는데, 오늘은 어떨까?
여전했다. 호두의 모습이 그림처럼 펼쳐지기 시작했다. 곳곳에서 호두의 모습이 나타났다. 나도 모르게 호두야. 하고 소리

내어 이름을 불러보았다. 여전히 호두와의 지난 추억에 뜨거운 눈물이 흘렀고, 며칠 전 병원에서 당한 서러움에 또 눈물이 났다. 난 호두가 생각나서 과자를 준 거분이라고. 이렇게 중얼거리면서 한참을 울어댔다.

유일했던 내 친구, 내가 가장 아끼던 친구가 떠나간 지 1년이다. 겨울이라고 매서운 추위가 왔다가, 호두의 기일임을 안 것일까? 호두가 우리 곁을 떠나갔던 그날처럼 2022년 12월 3일은 하루 종일 봄처럼 따뜻했다. 그리고 나는 호두를 보낸 그날처럼, 하루 종일 멍하니 잠자다 깨다를 반복했다.

호두를 보내고 아프기만 한건 아니었다. 아팠던 만큼 사람 보는 눈을 길렀고, 사회생활하는 동안 어리석을 만큼 사람을 믿었던 성격도 고치게 되었다. 올 한 해는 쓰디쓴 인생 공부를 했다고 생각하기로 했다.

5 나에게도 이런 기회가 주어진다면

솔직히 말하자면, 호두가 생각이 나서 지금 당장은 다른 아이를 입양을 할 계획은 없다. 하지만 나에게는 계획이자, 꿈이 하나 있다. 아이가 다 크고 나면, 주택으로 이사를 가는 것이다. 물론 넓은 마당이 있어야 한다.

나는 은퇴한 안내견의 편한 보금자리를 만들어 주고 싶은 꿈이 있다. 힘든 훈련을 거쳐서 한 사람의 눈이 되어준 고마운 아이들에게 남은 견생 멋지게 한번 살아보자고 제안하고 싶다.

그 아이들의 은퇴 후 입양 순서는 사회화 과정을 거치는 퍼피워킹 과정 때 키워 주었던 가정이 우선순위이고, 사정이 있어서 못 받아주는 경우는 다른 가정으로 입양을 보낸다고 한다. 나는 그런 사정이 있는 아이들을 맡아서 노후를 책임지고 싶다. 사람에게 끝없는 봉사를 하였으니, 이 아이들의 노후는 사람이 책임져야 하지 않은가.

안내견으로서 보낸 수많은 날들을 뒤로하고 은퇴하는 그들을 따뜻하게 반겨주고 싶다. 훈련 중 스트레스와 긴장을 놓지 않는 나날들로, 다른 아이들 보다 오래 살지 못하는 것 역시 마음 아픈 일이겠지만, 누구보다 열심히 살아온 그들을 위해 봉사하는 것, 그것이 호두를 향한 누나의 마지막 진심이다.

나는 이런저런 심경의 변화로 현재는 쉬고 있는 중이다. 곧 있으면 일상으로 복귀해서 정신없는 나날을 보내겠지만, 나의 마음 한쪽에는 호두와 나의 이야기가 자리 잡고 있을 것이다. 하는 일마다 풀리지 않아 어두웠던 내 30대와 40대 중반까지.

호두로 인해 기쁨으로 벅찼으며, 희망이 보여 더 열심히 살았다고 함께해 줘서 고맙다고. 꼭 전하고 싶다. 앞으로 남은 내 시간도 호두가 응원해 주기를 바란다.

이 세상에서 최선을 다해서 살아간 후,
누나가 호두 가까이 갈 때,
무지개다리를 총총 건너서 마중 나와 주기를 부탁하며.
나의 인생을 빛나게 만들어줘서 고맙다, 호두야.

Editor

박현정 @justalittlewhile_3

글을 쓰고 나만의 책을 내는 것이 어릴 적 꿈이였고,
이제는 그 꿈을 넘어 수많은 사람들의 꿈을 이루어주고 있습니다.
앞으로도 많은 사람들의 꿈을 이루어주고, 가여운 생명들을 보듬으며
착하고, 가치있는, 생산적인 삶을 살아가고 싶습니다.

프로젝트 진심 X

ARK (아크 보호소)

동물의 눈에는 훌륭한 언어를
말할 수 있는 힘이 있다.

_ Martin Buber

우리의
가족이
되어주세요

조르노 (3살 28kg)

날씬한 세인트버나드 닮은
꼴. 사람이 다가오면 허리
가 나갈 정도로 꼬리를 흔
들지만, 아직 바깥세상은 무
서운지 산책을 나가면 얼음
이 되어버려요. 언제나 웃상
인 조르노.

ARK (아크 보호소)

아크보호소는 2020년 7월에 계양산 개농장
에서 구조된 약 150여 마리의 강아지들을 보
호하고 있는 사설 보호소입니다.

후원 : 국민은행 660401-01-874746
롯데목장개살리기시민모임

인스타그램 : @ark_animalrightskorea
네이버 카페 : 아크 보호소

포스 (3살 39kg)

다른 강아지에게 물려 짝짝
이가 되어버린 귀가 귀엽게
보이기도 합니다. 큰 눈망울
을 지닌 포스는 헛바닥에 점
이 있어요. 애교도 많은 사
랑둥이지만 아직은 겁이 많
아 산책은 적응 중입니다.

글린다 `3살 32kg`

조용한 성격이지만 친구들과 잘 어울려요. 시원한 곳에서 엎드려 쉬는 것을 좋아해요. 낯선 사람에게도 잘 다가가는 사람을 좋아하는 아이. 수영은 곧잘 하지만, 물을 좋아하지는 않아요.

버디 `3살 25.75kg`

견사에서 항상 두 발로 서서 봉사자들을 반기는 화려한 외모의 버디에요. 사람의 손길을 좋아하지만, 산책은 아직 조금의 시간이 필요합니다. 어린아이들과도 잘 지냅니다.

발드 `3살 34kg`

어긋난 이가 매력적인 장난꾸러기. 산책은 무서워서 밖에 나오면 늘 누워버리지만 문을 열면 나가고 싶어 얼굴부터 들이미는 발드입니다. 다른 개들과도, 사람과도 잘 지내요.

휘슬러 `3살 30kg`

보호소에서 7마리의 아이들을 출산한 눈이 큰 휘슬러는 봉사자들의 사랑을 듬뿍 받으며 지내고 있어요. 문에 기대 쉬는 것을 좋아하고, 사람의 손길을 즐깁니다.

) 반려동물을 키우기 전에
생각해 보셨나요?

1. **개와 고양이의 평균 수명은 15년입니다.**
   긴 시간 동안 함께 할 수 있을지 신중히 생각해 주세요.

2. **수많은 비용이 들어갈 거예요.**
   그들 평생의 식비와 병원비, 그 외 각종 비용을 감당할
수 있을지 고민해 보세요.

3. **설마 그들을 혼자 집에 내버려 두시려고요?**
   당신이 생각한 것보다 그들은 훨씬 많은 보호자의 애정
과 에너지를 필요로 한다는 것을 알아주세요.

4. **반려동물에게 훈련은 선택이 아닌 필수입니다.**
   동물이 사람과 함께 평생을 살아가는 데에는 기본적인
훈련이 필요합니다. 인내심을 갖고 그들을 교육할 여유가 있
나요?

ARK

About 아크 보호소

아크 보호소는 2020년 7월에 계양산 개농장에서 구조된 약 250여 마리(현 150여 마리)의 강아지들을 보호하고 있는 보호소 입니다. 개농장에서 구조된 만큼 대부분 30kg 이 넘는 대형견이 보호되어 있고, 구조 당시 250여 마리 중에서 입양/자연사 등으로 현재는 150여 마리가 보호되어 있습니다.

보호소의 존재를 인정하지 않는 계양구청의 고자세로 인해, 쉼터를 손쉽게 넓힐 수도 개보수 하기도 힘든 위치에 있습니다. 힘든 상황이지만 더위와 추위로부터 아이들은 쾌적하게 보호할 수 있도록 노력하고 있으며, 특히 봉사자와 후원자들이 모임을 만들어 현재까지 운영되고 있습니다.

아이들이 믹스견이고 대형견으로 국내 입양은 물론이거니와, 해외입양도 쉽지 않은 실정입니다. 순둥이로 유명한 아크 아이들의 입양을 위해 힘써주시면 정말 감사하겠습니다. 해외의 단체 연결 등 많은 부탁드립니다.

_ 아크 보호소 봉사자

Epilogue

인간이 반려동물을 키우는 이유, 그것은 인간에게 자아가 있기 때문이라고 한다. 역설적이게도, 동물과의 소통은 인간 자신의 위상을 복돋우고 우리 자신에 대한 많은 이해를 안겨준다고.

생각해 보면, 지금은 기억도 안 나는 아주 어린 아기일 때부터 성인이 되어가는 지금까지 나는 단 한순간도 반려동물과 함께이지 않은 적이 없다. 학교 앞에서 사 온 작고 노란 병아리, 내 엄지손가락만 한 아기 거북, 내 인생의 반을 함께했던, 커다랗고 새하얀 나의 백구까지.

우리는 각자의 시간과 공간에서 각자의 방법으로 서로를 사랑하며 살아가는 반려인이다. 그들과 눈을 맞추고 보드라운 털을 쓰담으며 서로의 체온을 공유할 때면, 그 자체로 살아있음을 느끼는.

이 책을 통해 우리와 당신, 그리고 수많은 존재들이 꿈과 같은 하루를 보냈으면 좋겠다. 언젠가는 지구의 모든 생명들이 이 세상의 모든 행복, 그 이상을 누릴 수 있길 바라며.

_ ⟨소중한 너에게⟩ 편집자, 박현정

우리는 항상 이 자리에서
당신의 진심을 기다리겠습니다.
당신의 이야기를 들려주세요.

소중한 너에게

ⓒ 프로젝트 진심 2023

Email : bhy0157@naver.com

Insta : @haileywillbe

발 행 | 2023년 02월 28일
저 자 | 순이, 이참새, 기니 언니, 신지원, 성서은, 샤샤&미미 언니, 송예나
디자인 | 박현정(내지), 디디빌리지(표지), 이참새(일러스트)
펴낸이 | 한건희
펴낸곳 | 주식회사 부크크
출판사등록 | 2014.07.15.(제2014-16호)
주 소 | 서울특별시 금천구 가산디지털1로 119 SK트윈타워 A동 305호
전 화 | 1670-8316
이메일 | info@bookk.co.kr

ISBN | 979-11-410-1807-8

www.bookk.co.kr